The Chronicles of NARNIA

纳尼亚传奇

C. S. Lewis

第五部

Clive Staples Lewis

黎明踏浪号

The Voyage of the Dawn Treader

〔英〕C·S·刘易斯 著 唐健禾 译

上海译文出版社

献给杰弗里·巴菲尔德

目 录

第一章

卧室里的画

有个男孩名叫尤斯塔斯·克拉伦斯·斯克罗布，他几乎是名副其实①。他的父母叫他尤斯塔斯·克拉伦斯，老师们叫他斯克罗布。我无法告诉你他的朋友怎么叫他，因为他一个朋友也没有。他从不叫自己的父母“父亲”和“母亲”，而是管他们叫“哈罗德”和“艾贝塔”。他们十分新潮，非常“先进”，不吃肉，不吸烟，滴酒不沾，还身穿一种特别的内衣裤。他们家里没什么家具，床上也没多少被褥，而且窗户也老是开着。

尤斯塔斯·克拉伦斯喜欢动物，尤其喜欢甲壳虫，喜欢死掉被钉在厚纸板上的甲壳虫。他喜欢读书，喜欢读知识性的书，书里有插图，画着有升降机设备的谷仓，或者是胖胖的外国小孩在模范学校里做体操。

尤斯塔斯·克拉伦斯不喜欢他的各位表兄姐妹，也就是佩文西家四个孩子——彼得、苏珊、爱德蒙和露茜。可当听说爱德蒙和露茜将过来住上一阵时他倒又高兴起来。因为他在内心深处就喜欢称王称霸，恃强凌弱。虽然他个头矮小，打起架来连露茜都对付不了，更别说爱德蒙了，但他却明白如果是在自己家里，而对手只是客人，那就有几十种法子让他们吃尽苦头。

爱德蒙和露茜原来根本不想来和哈罗德舅舅和艾贝塔舅妈住在一起。可是真的没办法。那个夏天爸爸要去美国完成为期十六周的讲学，妈妈要跟他一同去，因为她已经有十年之久没有过上一个真正的假期

---

① 尤斯塔斯在英语中和“没用的”一词读音相近。

了。彼得正刻苦学习准备考试，这个假期他要让柯克老教授辅导。在过去的战争年代里，四个孩子曾住在柯克教授家，有过不少奇妙经历。[1] 要是柯克还住在那幢房子里，他会让孩子们全都住下。可是，不知怎么的，他上了年纪就变穷了，如今他住在一所小房子里，只能腾出一间卧室。要是把其余三个孩子都带去美国花费又太大，于是只带苏珊一同去。

大人们认为苏珊是孩子中长得最漂亮的一个，但学习成绩不好(尽管她已算是大龄学生了)，妈妈说“她去美国会比两个小的学到更多东西”。爱德蒙和露茜虽然尽力不去妒忌苏珊的好运气，可是要在舅妈家度过暑假却真是糟糕。“但是，我更倒霉，”爱德蒙说，“因为你至少还有自己的一个房间，而我却要和那个前所未有的讨厌鬼尤斯塔斯同住一间卧室。”

本书故事从这里说起，一天下午，爱德蒙和露茜偷偷单独呆上了宝贵的几分钟。他们正在谈论的当然

---

① 详见《狮王、女巫与魔衣橱》。

是纳尼亚——一个属于他们自己的秘密国度。我想，我们大多数人心中都有着一个自己秘密的国度，只是对我们多数人而言，那只不过是我们自己想像中的一个地方罢了。就这点来说，爱德蒙和露茜比别人幸运多了，因为他们心中的秘密国度真实存在着。他们已经两次造访那个国家，不是在游戏中去的，也不是在梦境中去的，而是在现实中去的。当然啦，他们是靠魔法去那里的，因为这是到达纳尼亚的唯一办法。他们在纳尼亚时就有一个约定，或者差不多算是个约定，那就是总有一天他们还要回去。读者可以想象，他们一有机会当然就会畅谈起纳尼亚了。

他们在露茜的屋子里，坐在床边上，正看着对面墙上的一幅画。这是这个房子里他们唯一喜欢的一幅画。可是艾贝塔舅妈对这幅画一点儿也不喜欢（所以才把它放到楼上后面的一个小房间里），可她又不能扔掉这幅画，因为是别人送的结婚礼物，她并不想得罪送礼物的人。

画上是一条船——一条正笔直地朝你驶来的船。

船头是金色的，形如一个龙头张着大嘴。船上只有一根桅杆，挂着一面艳丽的紫色大帆。从金色的龙翅两端看得见两侧船舷是绿色的。这条船正冲上一阵碧浪的顶峰，近处是朝你涌来的浪坡，水波汹涌，浪花飞溅。这条船正乘风破浪，快速驶进，左舷稍稍倾斜。(顺便提一句，如果你打算把这个故事读到底，而你还搞不清楚，那你最好在脑海里想象一下，当你朝前望去时，船的左边叫左舷，而右边叫右舷。)阳光全从那一面照在船身上，所以那一面的海水呈现出一片碧绿和紫色。而另一面的海水被船身的阴影遮住了，因此是一片深蓝色。

“问题是，”爱德蒙说，“你只能眼望着一艘纳尼亚船，却去不了那里，这样的情形是不是更糟糕呢？”

“哪怕只是看看也好啊，”露茜说，“这条船可是地地道道的纳尼亚船呢。”

“还在玩你们的老把戏啊？”尤斯塔斯说。原来他一直在门外偷听，这下正坏笑着走进屋来。去年住在佩文西家时，他就设法偷听到了他们谈论纳尼亚的奇遇，那时他就喜欢拿这事嘲讽他们。他当然认为这全是他们编造出来的，因为他自己很蠢，什么都编不出来，所以他根本不承认纳尼亚的存在。

“这儿不欢迎你。”爱德蒙没好气地说。

“我正在费神做一首打油诗。”尤斯塔斯回答道。大概是这样的：

几个玩着纳尼亚的小孩，
变得越来越疯，变得越来越癫……”

“哼，首先，两句的尾音并不押韵。”露茜说。

“这是一首押元音的诗。”尤斯塔斯说。

“别去与他讨论什么押元音之类的问题，”爱德蒙说，“他巴不得有人问他呢。什么都别和他说，说不定他就走开了。”

大多数男孩碰上这样一鼻子灰，要么会灰溜溜走开，要么会火冒三丈。尤斯塔斯却偏偏没有。他只是在一旁闲逛，咧着嘴笑，不一会儿又开口说话了。

“你们喜欢这幅画吗？”他问。

“天哪，千万别和他谈什么艺术之类的。”爱德蒙急忙插嘴说。可是真诚的露茜已经回答他说：“是啊，我喜欢，我太喜欢这幅画了。”

“这只是一幅破画。”尤斯塔斯说。

“你到门外去就看不见这幅画了。”爱德蒙说。

“你为什么喜欢这幅画呢？”尤斯塔斯问露茜。

“哦，”露茜说，“一是因为这条船看起来像是真的在开动，海水也仿佛真的像是湿的，而且海浪也好像真的在跌宕起伏。”

尤斯塔斯当然有不少话可以回答这个问题，但是他什么也没说。原因是就在他盯着画里海浪的那个时刻，他确实看到海浪真的在一起一伏。他只乘过一次船（也只是到怀特岛①），就晕了船，还挺严重的。一看到画中的海浪，他又一次犯晕了。他面色发青，还想再看一眼。于是三个孩子都看得目瞪口呆。

---

① 怀特岛，英国南部岛屿，靠近英吉利海峡，与不列颠岛隔索伦特海峡。

如果在书本上读到眼前发生的一幕时，你也许确实难以相信他们看到的一切情景，即便你亲眼目睹这一切，几乎也同样难以相信：画里的一切景物动起来了。简直一点不像是电影，色彩是这样逼真，这样清晰，就像是在露天下。船头没入海中，激起层层浪花，然后又越过浪花，使船尾和甲板头一次清晰可见，但第二个浪头迎面打了过来，船头翘了上来，船尾和甲板又看不见了。这时候，原本一直放在爱德蒙身旁床上的练习本翻动起来，慢慢升空，朝他身后的墙飘去，露茜感觉到头发飘拂到脸上，像天上刮风时一样。这是刮风天，只是风却是从画上朝他们刮来。突然一阵风过，带来种种声响——海浪在沙沙地冲刷，海水拍打着船舷，嘎吱作响，好像水天在一同咆哮。不过，是那股味，是那股满带腥味的咸涩海水味，使露茜相信自己真的不是在做梦。

“别胡闹了，”尤斯塔斯惊声尖叫道，声音里带着恐惧和暴躁。“你们俩又在玩什么荒唐把戏。赶快住手，我要去告诉艾贝塔——哎哟！”

兄妹两人早已习惯历险，可就在尤斯塔斯叫了一声“哎哟”的时刻，他们也同时喊出了“哎哟”声。这是因为一股又凉又咸的海浪从画的右侧破框而出。他们浑身湿透了，连气也透不过来。

“我要把这个破玩意儿砸了。”尤斯塔斯大声喊着。就在这时，几件事凑在了一起。尤斯塔斯朝着画冲过去。爱德蒙对魔法的厉害略知一二，赶紧跳起来跟他奔去，警告他当心，别干傻事。露茜在一旁拽住他，却被惯性拖着向前冲去。这时，不是他们身子越来越小，就是画变得越来越大。尤斯塔斯跳起来，想把画从墙上扯下来，却发现自己站在画框上。眼前出现的不是画框玻璃，而是一片真正的大海，海风和海浪朝画框拍打过来，仿佛拍向岩石一般。他惊慌失措，紧紧拽住已跳到他身旁的两人。一阵挣扎和吼叫之后，他们以为已经保持了平衡，但一个蓝色巨浪朝他们汹涌打来，将他们卷入大海。海水灌进尤斯塔斯的嘴巴里，他那绝望的喊叫声戛然而止。

露茜暗自谢天谢地，好在去年夏天自己拼命练习游泳。其实，如果用慢一些的划水动作，她会游得更好，而且海水比在画上看到的确实要冰冷许多。她像所有穿戴整齐的人掉入深水中所做的一样，保持镇静，踢掉脚上的鞋子。她甚至还紧闭嘴巴，睁大眼睛。他们离船已经很近了，她看到绿色的船舷高耸在他们之上，船上的人正从甲板上看着她。这时，不出所料，尤斯塔斯慌乱中一把抓住她，两人一起沉入深水。

他们重新浮出水面时，她看到一个白色的身影从船边跃入水中。这时，爱德蒙紧靠着她，踏着水，手里紧紧抓住还在哭叫的尤斯塔斯的双臂。紧接着，又有一人从另一边伸出手臂托住她，这人的面容好像有些熟悉。船上一片欢呼声，人们从船舷探头观望，从上面扔下绳子。爱德蒙和那个陌生人把缆绳缠绕着系在她身上。绕好后等了好一会儿，她脸色发青，牙齿一直打颤。实际上也没多大一会儿，他们正在期待她能顺利登船，吊上去时身子不在船边上磕碰。可是尽管他们费尽心思，但她最终站到甲板上时，全身湿透，不断颤抖，一只膝盖还是磕碰得又青又肿。接着，爱德蒙也给吊了上来，随后可怜的尤斯塔斯也上来了。最后上来的是那个陌生人——一个比她大几岁的金发男孩。

“凯——凯——凯斯宾！”露茜一缓过气来，立刻气喘吁吁地叫道。原来是凯斯宾——凯斯宾是纳尼亚的少年国王，他们上次拜访纳尼亚时帮他登上了王位。爱德蒙也立刻认出他了。三人握手拍肩，高兴极了。

“可你们这位朋友是谁啊？”凯斯宾即刻转向尤斯塔斯，满面笑容地问道。

谁知尤斯塔斯越发哭得厉害。任何与他同龄的男孩碰上湿透全身的事情是有权大哭一场的，但也没有哭得这么厉害的。他一直在吼叫着：“放我走！让我回去！我不喜欢这种怪事。”

“放你走？”凯斯宾问，“可是你要去哪里呢？”

尤斯塔斯冲到舷边，仿佛想看到挂在海面上的画框似的，或者是看一眼露茜的卧室也好。可是他只看见泛着点点泡沫的碧浪，淡蓝色的天空，海天一望无际。他无比沮丧，或许我们不该责备他了。他顿时感到心里一阵难受。

“嗨，赖尼夫，”凯斯宾对一个水手说，“去给国王和女王送上香料酒。你们全身湿透了，需要用酒来暖暖身子。”他称爱德蒙和露茜为国王和女王，是因为在他称王之前许久，他们同彼得和苏珊早就当上了纳尼亚的国王和女王。纳尼亚的时间过得和我们不同。如果你在纳尼亚度过一百年，那么你会在你离开的那一天的同一时辰回到这个世界。如果你在我们这个世界里过上一周，或是只有一天，甚至只有一小会儿，再回到纳尼亚去，你会发现纳尼亚那里已经过了一千年了。你不到那里就永远都不会明白。因此，佩文西家两兄妹自从上回第二次去了纳尼亚以后，这次回来(照纳尼亚人看来)就像传说中所说的，亚瑟王①

① 亚瑟王是英国传说中公元六世纪前后的国王、圆桌骑士的首领。传说他没有死，活在仙界，总有一天会回来拯救人民。

终会重返英国。我认为越快越好。

赖尼夫端着一瓶冒着热气的香料酒和四个银杯回来。这酒上得正是时候，露茜和爱德蒙刚呷上一口，顿时感觉全身上下一股暖流。可是尤斯塔斯还苦着脸，吐一口啐一口，心里又难受起来，还问人家有没有丰树牌加维生素的营养食品，能不能用蒸馏水来调制，死皮赖脸地要人家到下一站就把他送上岸去。

“这位就是你们给我们带来的可爱的伙伴，王兄。”凯斯宾咯咯笑着对爱德蒙悄悄地说，可是他还来不及再说什么，尤斯塔斯又发作起来了。

“啊呀！呸！那到底是什么啊！快把这讨厌的东西弄走。”

原来这一回他倒是真有理由大惊小怪了。船尾楼的舱室里果然出来了一个古怪无比的东西，朝着他们慢慢走来。你不妨管它叫老鼠——其实也真是只老鼠。可这只老鼠竟然用两条后腿站立着，看上去有两英尺高。一个细细的金箍套在脑袋上，一只耳朵套在下面，而另一只耳朵套在上面，金箍里插着一根长长的深红色羽毛。(因为老鼠皮毛的颜色很深，几乎是黑的，所以这样打扮的效果极为醒目。)老鼠的左爪搭在一把几乎同尾巴一样长的宝剑的手柄上。它在摇晃的甲板上庄严地慢慢走过来，居然十分稳当，姿态也十分优雅。露茜和爱德蒙一下子就把它认出来了——雷佩契普，纳尼亚王国会说话的兽类中最英勇善战的老鼠大军的头。在贝鲁那的第二次战役中，它赢得了不朽的殊荣。露茜特别想把雷佩契普搂在怀里，抱抱它。过去她一直都想这样做。可是她也很清楚，自己永远都不能得到这种快乐，因为这样做会深深冒犯它的，所以她就跪下一条腿同它说话。

雷佩契普伸出左腿，缩回右腿，鞠了一躬，然后又吻吻她的手，这才挺直身子，捻弄着胡须，用尖厉刺耳的嗓音说：

“臣向女王陛下致敬，并向爱德蒙国王陛下致敬。”(说到这儿它再次鞠躬。)“承蒙两位陛下光临，这次光辉的远航可说得上是无可比拟了。”

“啊唷，快把它带走。”尤斯塔斯哭叫道，“我恨老鼠。我一向不喜欢动物表演。无聊加粗俗——而且还自作多情。”

“我来猜猜，这位特别无礼的人是受陛下您保护的吧？”雷佩契普盯着尤斯塔斯，好一会儿才说，“因为，如果不是——”

露茜和爱德蒙两人此刻同时打起了喷嚏。

“我真糊涂，竟让你们浑身透湿地一直站在这儿。”凯斯宾说，“快到下面去，把衣服换了。露茜，我当然会把自己的舱室给你住，不过，船上恐怕没有女人穿的衣服。你只好将就一下穿我的了。雷佩契普，好好带路吧。”

“看在女王的分上，”雷佩契普说。“即便是荣誉的问题也只好让步了，至少只好暂时如此。”说到这儿，它狠狠地瞪了一眼尤斯塔斯。可是凯斯宾催他们快走。没一会儿，露茜就不知不觉走过舱门，进入船尾舱了。她立刻就喜欢上这间舱室——透过三面方形的舷窗，可以看到船尾打着漩涡的蓝色海水，桌子三边摆着软垫矮凳，顶上挂着盏摇摇晃晃的银灯（一看这精巧的做工，她就知道这是小矮人的手艺），门上方墙壁上还挂着狮王阿斯兰的平面金像。凯斯宾一下子打开右舷一扇门，说道：“这就是你的房间，露茜。我自己拿几件干的衣物就行了。”舱房里的那一切露茜一眼就全看清了。他一边说一边在一个储藏柜里翻找着，“接着你就换衣服。要是你把湿衣物扔到门外，我会叫人拿到伙房去烘干的。”

此时，露茜觉得悠闲自在，仿佛自己在凯斯宾舱室里已经住了好几个星期似的，船身摇动她也一点不在乎，因为当初她在纳尼亚当女王时，曾多次出海航行呢。这间舱室虽然很小，但很明亮，还有一幅幅镶版画（画上尽是些飞禽走兽，还有朱红色的龙和藤蔓），画面一尘不染。凯斯宾的衣服她穿着太大了，不过还能凑合着穿。他的鞋子、拖鞋和长统水靴都太大，但光着脚在甲板上行走她也不在乎。穿戴好了之后，她望着舷窗外奔腾的海水，深深吸了口气。她深信他们正赶上了好时光。

第二章

登上黎明踏浪号

“呀！你可来了，露茜，”凯斯宾说，“我们正等着你呢，这位是我们的船长德里尼安爵爷。”

一个黑发男人单膝跪下，吻了吻她的手。其他在场的只有雷佩契普和爱德蒙。

“尤斯塔斯呢？”露茜问。

“在床上。”爱德蒙说，“我想我们帮不了他什么。你想对他好，只会把他害得更惨。”

“同时，”凯斯宾说，“我们想要聊聊。”

“哎呀，我们真该聊聊了，”爱德蒙说，“首先，我们得说说时间。自你加冕典礼前夕我们分手以后，照我们的时间算是过了一年。你们纳尼亚是过了多长时间啊？”

“恰好三年，”凯斯宾说。

“你们一切都好吧？”爱德蒙问。

“你想，要不是一切太平的话，我会出国航海吗？”国王回答说，“再好不过了。如今泰尔马人、小矮人、会说话的兽类、农牧神和其他百姓间都没有什么麻烦。我们去年夏天把边境上那帮找事儿的巨人好好收拾了一下，现在他们向我们进贡了。我离开国家外出期间，由一个了不起的人当摄政王——那就是小矮人杜鲁普金。你们还记得他吗？”

“亲爱的杜鲁普金吗？”露茜说，“我当然还记得。你选他真是再好不过了。”

“女王陛下，他忠诚如獾，像——老鼠一般英勇。”德里尼安说。他本想说“像狮子一般”，但看到雷佩契普的眼睛正盯着他，才连忙改口。

“我们这是要前往哪里啊？”爱德蒙问。

“哦，”凯斯宾说，“这可说来话长啊。也许你们还记得我小时候，我那个谋权篡位的叔叔米诺兹要除掉原本支持我父王的七位朋友，把他们发配到孤独群岛那边去开发东海域无名荒地吧。”

“是啊，”露茜说，“他们从此一个也没有回来。”

“对。所以就在我加冕的那天，经狮王阿斯兰的同意，我发下誓言，一旦我在纳尼亚建立起太平盛世，我就亲自东航，花一年的时间去找寻我父王的朋友，弄清他们的死活，能办到就为他们报仇。这七个人是：雷维廉爵爷、伯恩爵爷、阿尔戈兹爵爷、马夫拉蒙爵爷、奥克特宪爵爷、雷斯蒂玛爵爷，还有——啊呀，另外一个可真想不起了。”

“陛下，是罗普爵爷。”德里尼安说。

“罗普，罗普，当然了，”凯斯宾说，“这是我的主要目的。可是这位雷佩契普还有更高远的抱负。”大家的眼光都转向老鼠身上。

“也许我身材矮小，”它说，“但我心比天高。我们为何不航行到世界的最东边？我们在那里会找到什么呢？我希望能找到阿斯兰的国土。狮王总是从东边漂洋过海来到我们面前。”

“我说嘛，这倒是个不错的主意。”爱德蒙说，话音里充满敬意。

“可是你想过没有，”露茜说，“阿斯兰的国土会是那种——我的意思是，那样一个乘船就能抵达的国家吗？”

“我不知道，女王陛下，”雷佩契普答。“但有这样一首诗。还是在我吃奶的时候，一位森林女神——一位树精——给我念过，里头提到了我：

水天相接的地方，
海水变得甜又香，
雷佩契普莫迟疑，
快去找寻新世界，
那里便是极东方。

我不明白诗的意思，但诗中的魔力却伴随着我的一生。”

沉默片刻以后，露茜问：“凯斯宾，我们此时到哪儿了？”

“船长会给你讲得更清楚。”凯斯宾说。接着德里尼安拿出海图，摊在桌上。

“这是我们所在的位置，”他指点着海图说，“也就是今天正午的方位。我们从凯尔帕拉维尔出发一路顺风，方向稍稍偏北，驶向加尔马，第二天就到了。我们在港口停泊了一星期，因为加尔马公爵为陛下举行了一次比武大赛，在那里陛下把许多骑士打下马来——”

“德里尼安，我自己也狼狈地摔下来几次。身上几块青肿还没消呢。”凯斯宾插嘴说。

“还把许多骑士打下马来。”德里尼安咧嘴笑着又说了一遍。“我们原以为要是国王陛下娶了公爵的女儿，公爵会很高兴，可结果并不是那样。”

“公爵女儿的眼睛是斜视，脸上还长着雀斑。”凯斯宾说。

“啊，可怜的女孩。”露茜说。

“后来我们从加尔马启航，”德里尼安继续说，“整整两天都风平浪静，只好划桨了。之后刮起了风，离开加尔马后的第四天才到达特里宾西亚。特里宾西亚国王发出警告说不得在当地登陆，因为当地在闹瘟疫。我们就绕过岬角，驶进远离城区的一个小海湾里加水。后来又不得不歇了三天，天上刮起一阵东南风，这才开往七岛群岛。第三天，一条海盗船追上我们(看装备是条特里宾西亚的船)，不过船上的人看见我们船上全副武装，朝两边射了几箭以后就走了……”

“我们真该追上那条船，上船去把那帮龟孙子统统绞死。”雷佩契普说。

“……又过了五天，我们看见了米尔岛，你也知道，就是七岛群岛最西端的一个小岛。于是我们划船穿过海峡，傍晚时分来到布伦岛上的红港。我们受到盛情款待，装足了食物，加满了水。六天前我们离开红港，航速快得出奇，所以我希望后天就能看到孤独群岛。目前算起来，我们出海将近三十天了，已经离开纳尼亚四百多海里了。”

“到了孤独群岛之后呢?”露茜问。

“还没有人知道，女王陛下，”德里尼安答，“除非孤独群岛上的人能直接告诉我们。”

“以前他们可无法告诉我们。”爱德蒙说。

“这么说来，”雷佩契普说，“到了孤独群岛后历险才算真正开始呢。”

这时凯斯宾提议他们晚饭前不妨先在船上四处看看，可是露茜心里过意不去，她说：“我想我真得去看看尤斯塔斯了。大家都知道，晕船可要命呢。要是我还带着我那瓶疗伤圣露的话，就可以治好他。”

“那药还在呢，”凯斯宾说，“我怎么完全忘了。因为你留下了这药，我当时想不妨把这药当成一件王室珍宝，所以我就一直带着——如果你觉得应当把它白白用在晕船这样的毛病上的话，就拿去用吧。”

“我只用一滴就好。”露茜说。

凯斯宾打开长凳下的储藏柜，取出露茜清楚记得的那个漂亮的钻石小药瓶。“收回你的宝贝吧，女王。”他说。随后他们离开船舱走了出来，来到阳光下。

甲板上的桅杆前后有两个又大又长的舱盖，都敞开着，遇到好天气他们都这样做，让阳光和空气进入船舱。凯斯宾领着他们走下梯子，进入后舱。他们在舱里才发现，这里两边都有用来坐着划桨的长凳，亮光透过桨孔照进，光影在舱顶晃动。凯斯宾的船当然不是由奴隶们划桨的那种令人恐惧的单层甲板大帆船。船桨只是在没有风的时候，或是进出海港的时候才用。并且除了雷佩契普因为腿太短外，其余每个人都经常轮流划桨。船里两边长凳下都留有空间给桨手们放脚，只有船的中间像是个窖，一直通到龙脊。窖里边堆满了各种各样的东西——一袋袋面粉、一桶桶水和啤酒、一桶桶猪肉、一罐罐蜂蜜、一皮囊一皮囊的葡萄酒，还有苹果、坚果、奶酪、饼干、大头菜、熏肋肉。舱顶——也就是甲板底下——挂满火腿和一串串洋葱。还有不当班的看守人员躺在吊床里。凯斯宾带着他们跨过一条条长凳，来到船尾，至少对他来说是跨过，露茜呢，却是连跳带跨，而雷佩契普就得真正地大步跳了。他们就这样走到一面有门的隔板前。凯斯宾打开门，带他们走进一间船舱。这间船舱正好在船尾，也就是船尾甲板舱的底下。这间船舱当然并不是非常舒适。屋子很低，四壁倾斜，空间狭小，他们走进去后，就几乎没有空隙了；虽然壁上有厚厚的玻璃窗，可是打不开，这些部位已在水下。其实，就在这个时刻，随着船身一倾一斜，舱里时而阳光金灿灿，时而海水绿幽幽。

“你我必须住这儿了，爱德蒙。”凯斯宾说。“我们把床铺留给你的亲戚，我们自己睡吊床。”

“恳请陛下——”德里尼安说。

“不，不，伙伴，”凯斯宾说，“我们已经说好了。你和赖因斯（赖因斯是大副）在驾船，以后很多个夜里都要你们费心操劳，而我们只是唱唱歌、聊聊天，所以你和他必须住在甲板上左舷的船舱。我同爱德蒙国王在下面就可以睡得舒舒服服。可是这个陌生人怎么样了呢?”

尤斯塔斯面色发青，愁眉苦脸，他问风浪有没有停息的迹象。可是凯斯宾说：“什么风浪啊?”德里尼安忍不住大笑起来。

“少爷，风浪吗?”他哈哈大笑道。“这天儿好得不能再好了。”

“他是谁?”尤斯塔斯烦躁不安地说，“让他走开。他的声音让我脑袋发涨。”

“我给你拿了点药来，你吃了会舒服些的，尤斯塔斯。”露茜说。

“哎呀，走开，别来管我。”尤斯塔斯咆哮道。她一打开药瓶，船舱里就闻到了一股清香味，尽管他说这药难吃得要命，但还是咽下了瓶里的一滴药水。没一会儿他的脸色正常了，肯定也觉得好多了，因为他不再抱怨风浪，不再说什么头昏脑涨了，而开始要求把他送上岸去，还说一到第一个港口，他就会向英国领事馆提请对他们全体作出裁决。雷佩契普以为这是安排单独决斗的新方式，还问“裁决”是怎么回事，怎么去“提请”。对此尤斯塔斯只是回答：“真没想到，连这都不知道。”到最后，他们终于说服尤斯塔斯，让他相信他们已经朝着他们所知的最近的陆地驶去，让他相信就算能将他送上月球，他们也没有能耐将他送回到哈罗德舅舅住的剑桥去。他听后闷闷不乐地同意换上已经拿出来给他穿的干净衣服，来到甲板上。

接着凯斯宾带着他们参观全船，虽然他们实际上已经参观过一大半了。他们登上艏楼，看见瞭望员站在镀金龙颈旁的一个小木架上，从张开的龙嘴往外瞭望。艏楼里是伙房(或者说船上的厨房)，还有水手长、木匠、厨师和主弓箭手这些人住的舱室。如果你觉得在船头上设置厨房很奇怪，还想着烟囱的烟是朝后飘的，那是因为你心里总以为轮船都是逆风行驶。而帆船是靠后面吹来的风前行，因此所有臭气都会往前面吹。他们还被带到桅杆顶楼上的观测台，起初在上面来回摇晃，从上往下看到甲板很小，离得很远很远，相当刺激惊险。你完全明白，只要掉下去，绝不能保证你掉在甲板上，而不落入海里。随后，他们又被带到船尾楼，赖因斯正在这里和另一个船员值班掌大舵，船后的龙尾翘起来，镀满金粉，船尾内圈摆着一溜小长凳。船名是“黎明踏浪号”。这条船跟我们这里的船比起来，只是小巫见大巫罢了，甚至还比不上露茜和爱德蒙在彼得至尊王麾下所统治的纳尼亚时代的各种各样的船——方帆帆船、快速帆船、宽体帆船和两用大帆船，而在凯斯宾历代国王在位期间，航海事业几乎全部消失。当年凯斯宾的叔叔，那个篡夺王位的米诺兹把七位爵爷派出海时，他们不得不买进一艘加尔马的船，还雇了加尔马的水手。不过，现在凯斯宾又开始教纳尼亚人做海员。黎明踏浪号就是迄今为止他所建造的最优良的船。这条船非常小巧，桅杆前一边是救生艇，另一边是鸡棚（露茜喂养母鸡），这两边和中间舱口盖之间几乎就放不下甲板舱了。但这条船是同类船只中的“美人儿”，水手们说是一位“小姐”，船身线条精美，颜色纯正，每根桅杆、每根绳索、每颗圆钉都做工精致。尤斯塔斯当然对什么都毫无兴趣，不停地吹嘘什么大客轮、汽艇、飞机和潜水艇（爱德蒙嘀咕说“好像他什么都懂似的”）。而其他两位却对黎明踏浪号相当喜欢，当他们回到船尾用晚餐时，看到一大片殷红的夕阳染红西边整片天空，感觉船身在颤动，唇边品尝着咸味，想象着世界东边无名的土地，露茜感觉喜悦无比，简直快说不出话来了。

尤斯塔斯的所思所想能用自己的话语表达实在再好不过了，因为就在第二天早上，他们全部取回自己晾干的衣服后，他随即拿出一个黑色的小笔记本和一支铅笔，开始写起日记。他总是随身带着这个笔记本，里面记着他的分数，虽然他对每门功课本身都不大在乎，但他对分数却非常在意，甚至在人家面前说：“我得了许多分，你呢，得了多少？”可是在黎明踏浪号上，他看起来不大可能得到多少分了，于是就写起了日记。第一条日记是这样写的：

八月七日。如果不是做梦的话，至今已在这

条鬼船上二十四小时了。可怕的风浪一直在猖狂肆虐(所幸我没晕船)。巨浪不断向船头打来，我看到船身几乎沉没过无数次。其他人全都装作对此不予理会，这不是出于虚张声势，就是哈罗德所说的，凡人最怯懦的行为就是对事实熟视无睹。搭乘这样一条简直比救生艇大不了多少的小破船出海真是在发疯，而且船内的设施极为原始。没有像样的酒吧，没有无线电，没有浴室，甲板上连躺椅也没有。昨天晚上我被拽去到处跑，听凯斯宾炫耀他这条可笑的玩具小船，仿佛是“玛丽皇后号”似的，让谁听见都感到不舒服。我很想告诉他真正的船是什么样子，可是他太笨了。爱德蒙和露茜当然不会支持我。我想，像露这样的小毛孩是根本意识不到危险的，而爱德跟这里所有的人一样，拼命地去巴结凯。他们称他为“国王”。我说我是一个共和主义者，可他听了却只好问我“共和”是什么意思！看来他什么都不懂。不用说，我被安置在船上最糟糕的船舱里，十足的地牢，露茜倒是给安排在甲板上单独住一个整间，和这地方的其他房间相比，几乎也算得上一间好房间。凯说这样安排是因为她是个女孩。我企图让他明白艾贝塔说的话，这种事实际上完全是对女孩子的贬低，可是他太蠢了。然而他可能明白如果我继续在那个洞里，将会生病。爱德说我们不要抱怨，因为凯为了把房间让给露，自己也和我们合住。好像这样一来，不是变得更拥挤、更糟糕似的。差点忘了说，还有一种鼠类的东西竟敢在人人面前大胆无礼。别人爱忍受忍受去，可要是它敢如此对我，我一定立刻扭断它的尾巴。饭菜也难吃。

尤斯塔斯与雷佩契普之间的麻烦闹得竟比预想的还早。第二天晚饭前，其他人正围坐在餐桌旁等候着（因为在海上航行就餐，人们胃口大增），尤斯塔斯一下跑着冲进来，搓着手大喊大叫：

“那小畜生几乎要了我的命。我坚持必须对它严加看管。我可以起诉你，凯斯宾。我可以命令你把它消灭掉。”

就在这时，雷佩契普来了。它的剑已出鞘，胡须竖起，一副凶样，可它还照样斯文。

“请求诸位原谅，”它说，“特别是请女王陛下原谅。要是早知道他会跑到这儿来求救，我就会等待一个更好的时机来教训他了。”

“到底怎么啦?”爱德蒙问。

原来是这么回事。雷佩契普一点也不觉得这船开得够快，总爱远远坐在龙头旁边的舷墙上，一面凝视着东边地平线，一面吱吱喳喳轻声唱着树精给它作的歌曲。它根本不抓住什么东西，可是不管船身怎么颠簸，总能稳住平衡，怡然自得，或许是它的长尾巴拖在舷墙里侧的甲板上使它坐得稳稳的吧。船上人人都熟悉它这个习惯，水手们可喜欢呢。因为一个人值班瞭望，另一个人就有人可以聊天了。尤斯塔斯在船上还是晕船，那他究竟为什么溜出来，一路踉踉跄跄，跌跌撞撞，摸到了艏楼上，我可没听说。也许他渴望看到陆地吧，或许他想在伙房闲逛，讨要点吃的东西。不管怎样，他一看到那条拖在地上的长尾巴——也许这尾巴相当诱人——便马上想到，要是能一把抓住尾巴，把雷佩契普底朝天地转上一两圈，然后跑开，哈哈大笑，那才有趣。他的计划开头倒还顺利。这只老鼠不比一只大猫重得了多少。转眼间尤斯塔斯已经把它扔到栏杆之外，瞧它细小的四脚朝天，嘴巴大张，尤斯塔斯觉得它笨极了。不幸的是，雷佩契普曾经历过多次拼死奋战，但一刻也未曾惊惶失措，也未曾丢掉过它的一身武艺。照说尾巴被人拽住，身子在空中打转，要拔出剑来很不容易，可是它却办到了。接下来尤斯塔斯只觉得自己手上中了两剑，痛得他只好松开老鼠尾巴。那老鼠紧接着像个球似的在甲板上打了个滚，又爬了起来，面对着他，一把锋利得像烤肉叉一般尖利的长剑，又细又长，寒光闪闪，在他肚子前一两英寸的地方来回挥舞。（这对纳尼亚的老鼠来说，不能看成是攻击对方腰带以下的犯规行为，因为老鼠够不到更高的位置。）

“住手，”尤斯塔斯气急败坏地说。“走开。把那家伙收起来。这样不安全。嗨，住手吧。我要告诉凯斯宾。我要封住你的嘴，把你的手脚捆绑起来。”

“胆小鬼，干吗不拔出你自己的剑来啊？”老鼠吱吱地叫着。“拔出剑来和我决斗一场吧，要不我就用剑面把你打得青一块紫一块的。”

“我没有剑。”尤斯塔斯说，“我是个和平主义者，我可不信打斗。”

“那你的意思是，”雷佩契普暂时将剑抽回，声色俱厉地说，“你不打算同我决斗一场吗？”

“我不明白你的意思。”尤斯塔斯抚摩着手臂说，“如果你不懂得如何接受人家跟你开的玩笑，我也懒得为你伤脑筋呢。”

“那就受我这一剑，”雷佩契普说，“还有这一剑——教训你要懂礼貌——懂得怎样尊重一位骑士——一位老鼠将军——和老鼠将军的尾巴——”他每说一句，就给尤斯塔斯一下，每一下都用的是剑面。这剑是用小矮人冶炼的优质薄钢片锻造而成，像白桦木棍一样灵巧柔韧。尤斯塔斯念书的学校里当然没有体罚，所以这种惊心动魄的经历对他而言是从未有过的。因此，尽管他还晕船，竟然转眼间就逃离艄楼，箭步冲过甲板，突然闯进舱门来——雷佩契普还在后面紧追不舍呢。对尤斯塔斯来说，当然不仅追得火热，连那把剑也火热，说不准那股感觉也是火辣辣的吧。

但等到尤斯塔斯明白大家对决斗的事都看得十分认真，还听到凯斯宾说要借给他一把剑，德里尼安和爱德蒙争论着是不是该用什么法子做些限制，以抵消他在身材上比雷佩契普高大得多所占的便宜，这件事也就算过去了。于是他闷闷不乐地赔礼道歉，跟着露茜走了，清洗包扎伤口后，回到自己的铺位，小心翼翼地侧身躺下了。

第三章

孤独群岛

"看见陆地啦!"船头上瞭望的海员喊道。

露茜正在船尾和赖因斯聊天，一听到喊声就啪嗒啪嗒走下梯子，向前奔来。爱德蒙也跟着来了。他们看见凯斯宾、德里尼安和雷佩契普已经站在艄楼上。那天早晨天气有些寒冷，天空灰暗，深蓝色的海水上泛着点点白泡，离船头右舷不远处，就是孤独群岛最近的一个小岛费利梅斯岛，像是海中一座低矮的小青山，小岛后面更远处是它的姐妹岛多恩岛那灰蒙蒙的斜坡。

"费利梅斯还是那个老样子！多恩也还是那个老

样子！”露茜高兴地拍手说。“唉，爱德蒙，我和你多久没见到这些岛了？”

“我还真不明白这些岛怎么会属于纳尼亚，”凯斯宾说，“是至尊王彼得征服的吗？”

“哦，不是，”爱德蒙说，“在我们执政之前就属于纳尼亚了——还是在白女巫的时代呢。”（顺便交代一句，我至今还没听说这些遥远的岛屿是如何附属于纳尼亚王国的。我要是知道，而这个故事也果真有趣的话，我会写进别的什么书里的。）

“我们要在这里靠岸吗，陛下？”德里尼安问。

“我想费利梅斯岛也不会有什么好码头。”爱德蒙说，“我们当政那个时代这里几乎没人居住，现在看来也还是那样。人们大多住在多恩岛，还有少数人住在阿芙拉岛——那是第三个小岛，你们现在还看不见。人们只在费利梅斯岛上放羊罢了。”

“我看我们就绕过那个岬角吧，”德里尼安说，“到多恩岛去靠岸好了。这么说就得划过去。”

“真可惜我们不在费利梅斯岛靠岸，”露茜说。

“我还想再去那里走走。那里是那么的寂静——一种微妙的寂静，到处都是野草，还有三叶草，还有那柔和的海风。”

“这会儿我也想伸展伸展双腿了。”凯斯宾说，“我来说说。我们何不划着小船上岸，再让人把小船划回来，那我们就可以走过费利梅斯岛，让黎明踏浪号在另一边接我们？”

如果凯斯宾当时就像这次远航之后那么老练，那他就不会说这样的话了。但在那时，这想法似乎倒是不错的。“嗯，那就走吧。”露茜说。

“你要一同去吗？”凯斯宾问尤斯塔斯，他已来到了甲板上，手上缠着绷带。

“只要能离开这条鬼船，做什么都行。”尤斯塔斯说。

“鬼船？”德里尼安说。“你这是什么意思？”

“在我来的那样的文明国家里，”尤斯塔斯说，“船都是很大的，你一到船上就根本不知道是在海上。”

“这么说，你还不如待在岸上。”凯斯宾说，“请叫他们放下小船吧，德里尼安。”

国王、老鼠、佩文西兄妹和尤斯塔斯一行五人上了小船，划到费利梅斯岛的海滩边。小船把他们送上岸后又划回大船去，他们都回过头去张望。这时的黎明踏浪号看上去那么小，他们不禁感到惊奇。

露茜在掉到海中游泳时就踢掉了鞋，现在当然还光着脚，但要是在柔软的草皮上赤脚行走，那也算不了什么。再次上岸，闻到泥土和野草的芳香，真叫人心里高兴，哪怕起初在地上还好像在船上一样上下颠簸也高兴啊。如果是在海上，往往有一阵子会有这种感觉。这里比起船上暖和多了。走过沙地时，露茜觉得脚下舒服极了，还有一只云雀在歌唱呢。

他们到了内陆，爬上了一座低矮而陡峭的小山。登上山顶时，他们自然要回头眺望，只见黎明踏浪号像一只发光的大昆虫，划着桨，朝西北方向慢慢爬行。然后，他们越过山岭，便再也看不见船了。

此刻多恩岛已经出现在眼前，同费利梅斯岛相隔着一条一英里宽的海峡，多恩岛后面的左边就是阿芙拉岛。一眼就可看到多恩岛上那个白色的小镇峡港。

“喂，这是什么啊?”爱德蒙突然说。

在他们往下走的绿色山谷里，有六七个面相粗野的人，全副武装，坐在树边。

“别跟他们说我们是什么人。”凯斯宾说。

“请问陛下，为什么不说呢?”站在露西肩上的雷佩契普说。

“我也刚好想起，”凯斯宾说，“这里好久没人听到纳尼亚的消息了。很有可能，他们说不定还没接受我们的统治地位。在这样的情况下，让人知道是国王可能不太安全。”

“陛下，我们手里有剑啊，”雷佩契普说。

“是的，雷佩，我知道我们有剑，”凯斯宾说，“不过如果问题是要重新征服这三个岛屿，我宁愿回去率领一支相当强大的军队过来。”

此时他们离这帮陌生人已经很近，他们中一个黑发大汉喊道：“你们早啊。”

“你们早。”凯斯宾说，“孤独群岛上还有总督吗?”

“当然有啊，”那人回答说。“是冈帕斯总督。他大人在峡港。不过你们可以留下同我们一起喝酒。”

凯斯宾表示谢意，虽然他和其他四人都不大喜欢这帮新结识的家伙的长相，但大家还是坐了下来。谁知他们还没把酒杯举到唇边，那个黑发大汉对同伙点点头，正如闪电般，五位来客不知不觉地就被几条铁臂给揪住。他们挣扎了一会儿，但势单力薄，一下个个都被缴了武器，双手被捆在背后——只有雷佩契普虽被对方抓在手里，却还在拼命撕咬。

“当心那个畜生，塔克斯。”那个头头说，“别伤害它。我想它可以卖个好价钱呢。”

“懦夫！胆小鬼！”雷佩契普吼叫着，“有种就松开我的手脚，把我的剑拿来。”

“哟！”奴隶贩子吹了一声口哨(这人果然是奴隶贩子)，“它会说话！我还没听见过。我拿它卖不到两百月牙币才怪呢。”月牙币是那些地方主要通用的卡乐门货币，大约值三分之一英镑。

“原来你是这么个东西，”凯斯宾说，“绑匪，奴隶贩子。真希望你以此而得意。”

“喂，喂，喂，喂，”奴隶贩子说。“别再开口唠叨了。你越是悠着点，就越会样样舒坦，明白吗？我干这行可不是闹着玩的。跟其他任何人一样，我也得谋生。”

“你要把我们带到哪里去？”露茜好不容易才说出这句话。

“带到峡港去，”奴隶贩子说，“明天正好开市。”

“那儿有英国领事馆吗？”尤斯塔斯问。

“有什么？”那人说。

哪知还没等尤斯塔斯不厌其烦地想该怎么才能解释清楚，奴隶贩子干脆就说：“别说了，这套叽里咕噜的话我听够了。这只老鼠倒挺懂事的，可这个人却唠唠叨叨烦死人。伙计们，走吧。”

于是四个被抓住的人被捆绑在一起，虽然没往死里绑，但却很牢实，就这样押着向岸边走去。雷佩契普被一个人抱在怀里。他们威胁说要把它的嘴巴捆上，它这才不再乱咬。可它却有一大堆话说，露茜真搞不懂老鼠对奴隶贩子所说的那些话，人家听到怎么会受得了呢。可是奴隶贩子非但不反感，反而说："继续说啊。"每当雷佩契普歇口气时，偶尔还会加上一句话："戏演得不错。"或是说："啊呀，你差点就会以为它说的就是自己亲身经历的呢!"或是说："这又是你们当中谁把它教会的吧?"雷佩契普一听这话顿时火冒三丈，到最后它本想说的许多事情几乎一下都呛在口中了，这才不再出声。

他们来到同多恩岛隔海相望的岸边，看见海滨有个小村庄，沙滩上有一条长划子，再过去一点，还停着一条满是污泥、肮脏不堪的大船。

"好了，小东西们，"奴隶贩子说，"都别再吵了，你们也没什么好哭闹的。统统上船吧。"

就在此时，一个模样好看的大胡子从一所屋子(我想是个客栈)里走出来，说道：

"嘿，普格。又送来平常那些货吗?"

这个似乎名叫普格的奴隶贩子深深鞠了一躬，讨好地说："是啊，请大人过目。"

"那个男孩要价多少？"那个人指着凯斯宾问。

"呀，"普格说，"就知道大人您会挑最好的。什么次货都骗不过您大人。呃，那个孩子嘛，我自己看上了。我有点喜欢他。我生来就是个软心肠，根本不应当干这个行当。不过，对一位像您这样的顾客……"

"告诉我你的要价，你这腐臭的家伙。"那位大人严厉地说。"你以为我想听你那肮脏勾当的废话吗？"

"大人，冲着您我尊敬的大人，那就三百月牙币吧。要是别的什么人……"

"我给你一百五十。"

"唉，求求你了，"露茜插嘴说，"不管你做什么，千万别把我们拆散了。你不知道……"可是她马上打住了，因为她明白凯斯宾即使到了这个地步还是不想让人知道身份。

"那就一百五十了。"那位大人说。"至于你嘛，小姑娘，真抱歉，我不能买下你们所有人。普格，给那孩子松绑。留神——另外几个还在你手里，你可得好生对待他们，不然就叫你倒霉。”

“那当然!”普格说，“如今有谁听说过哪一个干我这行的体面人对待货物有我这样优厚呢？对吧？我可待他们像亲生儿女一样啊。”

“还挺像是真的一样。”对方严厉地说。

可怕的时刻就到了。凯斯宾被松开绑，他的新主人说：“这边走，小伙子。”露茜突然放声大哭起来，爱德蒙眼里一片空白。凯斯宾却回过头来说：“振作起来。我相信最终一切都会好起来的。再见吧。”

“嗨，小妞儿，”普格说，“你千万别伤心，把脸给哭丑了，明天还要上市呢。乖乖的吧，没什么好哭的，明白吗?”

于是这些人把他们送到奴隶船上，带到船下面一块狭长的地方，那里光线阴暗，非常肮脏，他们在那儿看见还有不少倒霉的人被关着。这正说明普格是个海盗，经常出没在附近各岛屿，肆意抓人，这才刚回来。这几个孩子没碰上一个认识的人，被抓的大多是加尔马人和特里宾西亚人。他们坐在稻草堆上，暗自思索着，不知凯斯宾会碰上什么事，还得想法阻止尤斯塔斯说怪话，在他眼里仿佛除了他自己，别人个个都该受到责备似的。

此时，凯斯宾倒比他们过得有趣得多。买下他的那人领他朝村里两排房子中间的小巷走去，来到村后的一块空地。那人转过头来，面对着凯斯宾。

“不用害怕，孩子，”那人说，“我会好好待你的。我是因为你这张脸才买下你的。你让我想起了一个人。”

“大人，请问是什么人呢?”凯斯宾说。

“你让我想起了我的主人，纳尼亚凯斯宾国王。”

听了这话，凯斯宾决定冒险一试。

“大人，”他说，“我就是您的主人。我正是纳尼亚的凯斯宾国王。”

“你说得倒轻松，”对方说，“我怎么知道这是真的呢?”

“首先，看我的相貌吧。”凯斯宾说。“其次，因为我猜六次就能猜中您是谁。您一定是我叔叔米诺兹派到海外去的七位爵爷中的一位，我这次出来就是寻找他们的——阿尔戈兹、伯恩、奥克特宪、雷斯蒂玛、马夫拉蒙，还有，还有——另外两人我忘了。最后一点，如果大人您肯给我一把剑，我就可以在光明正大的决斗中，在任何人身上证明我就是凯斯宾，孤独群岛的皇帝、凯尔帕拉维尔的君主、纳尼亚的合法国王老凯斯宾的儿子。”

“天哪，”那人失声喊道，“真是他父亲的声音，连说话方式也一模一样。我的王啊——陛下——。”说完他当场就在那片地上下跪，吻国王的手。

“大人，您为我们支付的钱将从国库里补偿给您。”凯斯宾说。

“这笔钱还没落到普格的腰包里呢，陛下，”伯恩爵爷说，他果真是七位爵爷中的一位，“而且我相信，这笔钱也决不会落到他的腰包里去的。我劝过总督无数次，要他取缔这种邪恶的人肉买卖。”

“伯恩爵爷，”凯斯宾说，“我们得说说这些岛屿的现状。先谈谈爵爷您自己的事怎么样？”

“我的故事很短，陛下。”伯恩说，“我同六个伙伴大老远跑来，爱上岛上的一个女孩，觉得这辈子航海的滋味已经尝够了。当时陛下您的叔叔还在执政，回到纳尼亚去也没意思。所以我结了婚，就在这里定居了。”

“那么这个总督，这个叫冈帕斯的，是个怎样的人？他还承认纳尼亚国王为他的君主吗？”

“表面上还是承认的。一切事务都以国王的名义来办理。可如果他发现一位活生生的真正的纳尼亚国王站在他面前，他会不大高兴的。而且要是陛下您赤手空拳单独去见他——他倒不会否认对国王的效忠，但却会装作不相信您。那样陛下您的性命就有危险。陛下您在这一带海域有什么属下没有？”

“我的船正绕过海岬开来，”凯斯宾说，“如果打起来的话，我们大约有三十把剑。要不要把我的船开过来，攻打普格，解救我那几个被他们抓起来的朋友?”

“依我之见，这不行。”伯恩说，“一旦打起来，峡港那边就会开来两三只船营救普格。陛下必须要摆出一副比实际更为强大的架势，依靠国王名义的威慑力量。一定不要真的打起来。冈帕斯是个胆小鬼，定会被吓住的。”

又谈了一会儿，凯斯宾和伯恩走到村庄往西一点的海岸边，凯斯宾在那里吹响了号角。(这不是苏珊女王用过的纳尼亚那只法力无边的神号：他把那支号角留在国内给摄政王杜鲁普金使用，以防国王不在期间有什么急需。)德里尼安这时正在瞭望台放哨等待信号，他立刻听出这是国王的号角，黎明踏浪号马上就驶向海岸。随后又派出小船，几分钟后，凯斯宾和伯恩就在甲板上对德里尼安讲述情况。同凯斯宾一样，德里尼安想要立刻将黎明踏浪号靠到奴隶船边，登上船去，但伯恩还是照样不同意。

“船长，一直沿着这条海峡开，”伯恩说，“再绕到阿芙拉岛，我的领地就在那里。但首先要打上国王的旗号，挂上所有的盾形纹徽，尽量派出人手爬到桅顶的观测台上去。等到左舷船头对着公海，也就是在离岸约五个箭程[①]的地方，就发几下信号。”

“发信号？发给谁？”德里尼安说。

“唉，发给其他几条我们根本不存在的船啊，冈帕斯很可能以为我们还有船呢。”

“哦，明白了。”德里尼安搓搓手说，“他们会去辨认我们的信号。信号中说什么呢？就说整个舰队已包围阿芙拉岛南面，聚集在……？”

“伯恩斯丹，”伯恩爵爷说，“这样就行了。如真有什么船的话，从峡港也看不到这些船的整个航程。”

凯斯宾虽然为其他三个还在普格奴隶船上的人感到难过，可是在那天余下的时光里，他却禁不住感到无比兴奋。下午晚些时候（因为他们只得全靠划桨），黎明踏浪号转向右舷，绕过多恩岛的东北端，又转向左舷，绕过阿芙拉岛的岬角，最终驶进阿芙拉岛南岸

---

① 一箭之地约200至400英尺。

一个港口，伯恩那些富饶的土地从这里向海边倾斜而下。他们看见伯恩手下的百姓大多正在地里干活，人们在这块封地里自由自在，到处显现出欢乐与富饶的景象。他们所有人都在这里上岸，在一座能远眺海湾的有柱廊的矮屋子里举行皇家盛宴。伯恩和他那位高贵典雅的妻子，还有他兴高采烈的几个女儿款待他们，大家高高兴兴。天黑以后，伯恩派一个信使划船去多恩岛，传令为第二天作些准备。（但他没明确说要做什么。）

第四章

凯斯宾出奇制胜

第二天一早，伯恩爵爷就来拜访他的客人们。早餐后他要凯斯宾下令让所有手下都披胄挂甲。“最重要的是，”他还加上一句话，“把一切都收拾得整整齐齐，擦洗得干干净净，就好像今天早上是尊贵的国王之间当着天下世人进行的伟大战争中的头场战役一样。”办好这事，凯斯宾和他的手下，伯恩和他的几个手下，分别乘上三条船向峡港进发。国王的旗帜在船尾飘扬，船上还有号手同行。

他们到达峡港码头时，凯斯宾看见一大群人聚集在那儿迎接他们。“这就是我昨晚传令吩咐准备的。”

伯恩说，“他们全是我的朋友，都是诚实之人。”凯斯宾一上岸，人们就高声欢呼：“纳尼亚！纳尼亚！国王万岁！”与此同时——这也全靠伯恩的信使安排——镇上许多地方钟声齐鸣。于是凯斯宾传令旗手开道，吹响号角，人人都刀剑出鞘，摆出一副欣喜的严肃神情。他们在大街上齐步行进，大地都随之震动了。这天早上阳光灿烂，他们身上的盔甲在阳光下闪闪发光，亮得人们没法直眼盯着看。

起初欢呼的只是伯恩的信使预先告知的人，他们知道眼前发生的事情，也巴不得有这么一天。可后来所有的孩子都加入了游行队伍，因为他们喜欢游行，这种场面几乎还没见过。接着所有的学生也加入进来，因为他们也同样喜欢游行，而且觉得那天早上外面越闹越乱，学校就越不可能上课。再后来，老太太都从门窗里探出头来，开始唠唠叨叨，高声欢呼了，因为毕竟是国王，总督哪儿比得上啊？接下来所有的年轻妇女也出于同样的原因加入进来了，并且还因为凯斯宾和德里尼安以及其他人都十分英俊。到后来所有的年轻男子也都跑来看看这帮年轻妇女们到底在看什么，所以凯斯宾到达城堡大门时，几乎全城的人都在高声欢呼。冈帕斯坐在城堡里，正胡乱摆弄着一串账目、表格和条条框框，这时他听到了欢闹声。

凯斯宾的号手在城堡大门口吹响号角，大声喊道："快为纳尼亚国王打开城门吧，国王来看望他忠诚可靠而受人尊敬的臣仆——孤独群岛总督了。"那年月岛上的一切都显得那么懒散邋遢，城门只打开了个小后门，出来一个蓬头垢面的家伙，没戴头盔，只戴着一顶脏兮兮的旧帽子，手里拿着一根生锈的旧长矛。他面对眼前这些浑身闪闪发光的人直眨眼。"带——灵——八——见。"他口齿不清地说（他其实说的是"大人不见"），"没有预约一律不见，只有每月第二个周六晚上九到十点才能接见。"

"你这狗奴才，当着纳尼亚国王的面，快摘了你的狗帽行礼！"伯恩爵爷大发雷霆，一边还用戴着铁护手的手打了他一巴掌，把他的帽子都打飞了。

"呃？这是咋回事？"这下看门人开始糊涂了，可是没人去理会他。凯斯宾的两个手下跨过边门。这地方所有东西都生锈了，费了好一阵工夫处理手柄和门闩才把两扇大门打开。随后国王和随从大步踏入院内。一群总督的门卫在院内闲逛，一些人跌跌撞撞地从各个门口出来，好多人还在擦着嘴。虽然他们的盔甲丢人现眼，可如果有人率领他们，或者他们明白眼前的情况，这帮家伙倒可能会打起来，所以此时是个危险的时刻。凯斯宾没让他们有工夫多想。

“队长在哪里?”他问。

“我多少可以算一个吧，要是你明白我意思的话。”一个无精打采的年轻人说。他打扮得花里胡哨，身上根本没有盔甲。

“我们希望，”凯斯宾说，“本次御驾亲访我们孤独群岛，如果可能，应当成为国民欢庆的节日，而不是让百姓恐惧的场合。如果不是这个缘故，我对你们士兵盔甲和武器的状况可就得批评几句了。但事实上，我赦免你们了。来一桶酒，打开让兄弟们为我们祝酒。不过到明天中午，我希望在院里看到他们个个都像战士，而不像流浪汉。违者均以触犯君王论罪。”

队长瞠目结舌，可是伯恩立即大声喊道：“三呼国王万岁。”士兵们虽然别的什么都闹不明白，但对酒桶是明白的，就一起欢呼起来。凯斯宾下令手下大部分留在院内。他带着伯恩、德里尼安和其他四人走进大厅。

大厅尽头一张桌子后面，坐着孤独群岛总督冈帕斯，诸位秘书簇拥着他。冈帕斯看上去脾气暴躁，头发原来是红的，现在多半花白了。一行陌生人进来时，他抬头瞥了一眼，就又埋头看着文件，随口不假思索地说：“没预约一律不见，只在每月第二个周六晚上九到十点才接见。”

凯斯宾对伯恩点了一下头便站到一边。伯恩和德里尼安向前一步，各自抓住桌子的一头。他们将桌子抬起一扔，桌子就翻到大厅的一边，信件、档案、墨水瓶子、笔、封蜡和公文撒了一地。然后他们伸出双手，虽然动作并不粗暴，却如钢钳般地将冈帕斯牢牢揪出座椅，把他提到离座椅前四英尺远的地方。凯斯宾即刻坐上座椅，把出鞘的剑横放在双膝上。

“阁下，”他两眼盯着冈帕斯说，“你没有像我们预期的那样隆重欢迎我们呢。我可是纳尼亚的国王。”

“来函中并未提到这事，”总督说，“备忘录上也没有。我们更没接到任何这类事情的通知。完全不符合法律。如有任何请求倒乐于考虑……”

“我们前来是要调查阁下的职责行为，”凯斯宾接着说，“我尤其要求你对两点做出解释。首先，我从档案中查出纳尼亚国王已经长达一百五十年之久未收到这些岛屿的进贡了。”

“这个问题将于下月提交议事会讨论，”冈帕斯说，“如果有谁提议成立一个调查委员会，在明年第一次会议上作本岛财政历史的报告，说明为什么当时……”

“我还在本国法律上看到其中明确写道，”凯斯宾继续说，“如果贡物没有送到，整个欠费须由孤独群岛总督私人掏腰包支付。”

听到这话，冈帕斯才开始真正留神起来。“呃，那可千万使不得，”他说，“经济上绝对办不到——

呃——陛下您一定在开玩笑吧。”

其实他心里倒是正在盘算，想找个什么法子摆脱这帮不速之客。要是他知道凯斯宾只有一条船，只带了一船人马，他定会此刻暂时说些软话，暗地里希冀趁夜把他们包围起来全杀掉。可是昨天他看到一条战舰沿着海峡开来，还看见船上发了信号，他猜想那一定是发给随从的船的。当时他并不知道那就是国王的船，因为风力不够大，旗帜飘不起来，看不出上面的金狮像，所以他就等待他们的进一步行动。此时他想像凯斯宾在伯恩斯丹有整整一支舰队。冈帕斯万万没料到竟然有人带了不到五十人进入峡港，拿下这些岛屿。当然这种事根本也不是他能想像自己动手干得了的。

“其二，”凯斯宾说，“我想知道你为何容许贩卖奴隶这种天理不容的恶劣交易在此滋生，这违背本国领土古时的风俗习惯。”

“这有必要，不可废除，”总督说，“我向您保证，这是本岛经济发展的重要组成部分。我们当前的经济繁荣发展全靠这种买卖。”

“你们需要奴隶干什么？”

“用作出口啊，陛下。主要卖给卡乐门。我们也还有别的市场，我们是这种买卖的一大中心。”

“换句话说，”凯斯宾说，“你并不需要他们。那你说说，这些奴隶除了把普格这样的人养肥以外，还有什么用处？”

“陛下您还年轻，”冈帕斯摆出一副父辈般的笑容说，“很难弄清其中相关的经济问题。我这有统计数据，我有图表，还有……”

“我也许是还年轻，”凯斯宾说，“可我相信我对奴隶贩卖实质的了解不比阁下你少。我并没看见这种买卖给本岛带来肉类、面包、啤酒、葡萄酒、木材、白菜、书籍、乐器、马匹、盔甲，或是其他任何值得拥有的东西。不管怎样，这买卖都必须停止。”

“可是，这样一来不就倒退了。”总督气喘吁吁地说，“你不知道什么是进步，什么是发展吗？”

“我看到过进步和发展的萌芽阶段，”凯斯宾说，

“在纳尼亚我们称这为腐败。这种买卖必须停止。”

“我不负责采取任何这类措施。”冈帕斯说。

“好啊，”凯斯宾答，“那我们就免你的职。伯恩爵爷，来。”冈帕斯还没闹清是怎么回事，伯恩已经跪下，双手放在国王双手间，宣誓要根据纳尼亚古时的风俗习惯、权利和法律来治理孤独群岛。凯斯宾说：“我看，我们已经无法容忍总督了。”于是当场封伯恩为公爵——孤独群岛公爵。

“至于你嘛，阁下，”他对冈帕斯说，“我原谅你拖欠贡品的行为。但明天中午之前，你和你全家必须搬出城堡，现在这里是公爵府了。”

“听我说，”冈帕斯的一个秘书说，“这件事好倒是好，不过如果你们诸位不再装腔作势，我们就来做笔小小的生意。我们面前的问题真是——”

“问题是，”公爵说，“你和你的余党是愿意就此一走了之，还是愿意挨顿鞭打再走。随你们选择。”

这一切圆满解决以后，凯斯宾下令备马，城堡中倒有几匹马，虽然喂养得并不好。他和伯恩、德里尼安还有其他几人骑上马即刻进城，直奔奴隶市场。市场就在港口附近一排长长的矮房子里，他们看见里面的场景和其他拍卖行差不多。也就是说，普格站在平台上，一大群人围着他，他正粗声吼道：

“嘿，诸位爷们，二十三号货。特里宾西亚的庄稼能手，适合采矿或到船上划桨。二十五岁还不到。嘴里没有一颗坏牙。这家伙身体健康，肌肉壮实。来，脱掉他的衬衫，塔克斯，让诸位爷们看看。好一身肌肉！瞧这胸脯。角落的那位爷们出十个月牙币。你在开玩笑吧，老爷？十五！十八！出价十八买二十三号。还有谁加价吗？二十一。谢谢，老爷。出二十一——”

普格一看见几个身着盔甲的人当啷当啷地走向平台，他立刻停住叫喊，目瞪口呆。

“所有的人都向纳尼亚国王跪下。”公爵说。在场的人们听到外面马铃叮叮，马蹄哒哒，不少人还听到登陆的传说和城堡里出的大事。多数人都听从了。那些不肯听从的都被旁边的人拖住跪下。还有人欢呼起来。

“普格，昨天你抓了我们王室的人，你要为此偿命。”凯斯宾说。“不过姑且原谅你的无知。一刻钟以前，本国所有领地禁止奴隶交易。我宣布本奴隶市场所有奴隶恢复自由。”

他挥手阻止奴隶们的欢呼，然后问：“我的朋友们在哪里？”

“那个可爱的小妞和那个英俊的小少爷吗？”普格满脸堆笑回答说。“糟糕，他们一下子就给人抢着买走了——”

“我们在这儿呢，我们在这儿呢，凯斯宾。”露茜和爱德蒙齐声叫喊。“听候您吩咐，陛下！”雷佩契普从另一个角落里尖声叫道。原来他们都被卖掉了，只是买主还等着再买其他几个奴隶，所以他们还没给带走。人群主动给他们三个让道，他们走出来与凯斯宾热烈握手，相互问候。两个卡乐门商人立刻上前。卡乐门人长着黑脸膛，留着长胡须。他们穿着随风飘动的长袍，扎着橙红色头巾，他们是一个聪明、富裕、谦恭却又残忍的古老民族。他们谦卑地向凯斯宾深深鞠躬，对他说了一大篇恭维话，全是什么繁荣昌盛的源泉灌溉贤明和德行的花园——以及诸如此类的话语——不过他们的目的当然是想拿回付出的那笔钱。

“只有这样才公平，先生们。”凯斯宾说，“今天买了奴隶的人，都必须收回自己的钱。普格，把你捞到手的钱都拿出来，一米滴都不留。”(四十个米滴合一个月牙。)

“好心的陛下，你存心要把我变成乞丐吗?”普格哭诉道。

“你一辈子都在靠伤天害理过日子。”凯斯宾说，“再说你就是变成乞丐，那也比做个奴隶强啊。我还有个朋友在哪儿?”

“哦，他呀?”普格说，“唉，欢迎把他领走。巴不得把他脱手呢。我一辈子都没在市场上看见过这种卖不掉的东西。即便最后定价五个月牙币，也没有人把他买下。把他与其他货搭配免费白送，还是没人愿意要。没人愿意摸他一下，也没人愿意看他一下。塔克斯，把那晦气的家伙带来。”

尤斯塔斯就这样出现，果然哭丧着脸，因为虽然谁也不想被人当奴隶贩卖，但给当成没人愿意买的粗使奴隶，也许更令人恼怒。他走近凯斯宾说：“我明白了。还不是老一套。我们其他人做俘虏，你自己倒在什么地方逍遥自在。我看你也没有打听到英国领事馆吧。当然没有。”

当晚他们在峡港城堡里举行盛大宴会。宴会结束后，雷佩契普向大家鞠躬行礼，说道：“明天就要开始我们真正的历险了！”说完便去睡觉。可是第二天根本没走成，他们后来过了好长时间才出发的。因为他们现在正准备离开已经探明的陆地和海域，必须做好充分准备。黎明踏浪号撤空了，搁在滚轴上，由八匹马拖上陆地，每个细小的部分都由最熟练的修船工检修。然后再下水启动，尽量贮足粮食和饮用水，也就是说要够用二十八天才行。爱德蒙注意到尽管备足了一切，他们也只有十四天时间可用于向东航行，此后就不得不放弃搜寻计划了，不禁感到扫兴。

在做准备的同时，凯斯宾不失时机地把凡是在峡港找得到的最老的船长都找来，向他们打听是否知道再往东边远航还有什么陆地，哪怕是道听途说的也行。他把城堡一瓶瓶的麦酒倒出来，招待那些长着灰白短须、清澈蓝眼珠，饱经风霜的水手，听到不少海外奇谈。不过那些看上去最像说实话的水手说孤独群岛外没有陆地，许多人认为，假如你往东航行得太远，就会撞进茫茫不见陆地、波涛汹涌的一片大海，在这些波涛围绕着的世界边缘不断打转——“我看，那里就是陛下那几个朋友掉入海底的地方。”其余的便都是一些无稽之谈了，什么无头人居住的岛屿啊，漂浮的岛屿啊，龙卷风卷起的水柱啊，沿着海面燃烧的大火等等。只有一个人说的倒让雷佩契普大为高兴，他说：“在那之外就是阿斯兰的国土了。不过那是在世界尽头的外面，你们到不了那里。”大家再盘问他时，他就只好说自己是从父亲那儿听来的。

伯恩只能告诉他们，当初他看见自己的六个同伴东航，以后便杳无音信了。说这话时，他和凯斯宾正站在阿芙拉岛的最高处，俯视东边海域。“我早晨经常来到这里，”公爵说，“看着太阳从海面升起，有时看上去仿佛只隔几英里远。我心里一直挂念着我朋友的下落，想像着地平线那边究竟是什么地方。看起来多半什么也没有，但我为自己没去探险而感到惭愧。不过我希望陛下不要去。我们这里或许还需要你的帮助。这次取缔奴隶市场可能开启了一个全新的世界。我预料与卡乐门迟早终有一战。陛下，请你三思。”

“公爵阁下，我已发誓，”凯斯宾说，“要不，我怎么向雷佩契普交代？”

第五章

暴风雨和余波

他们登陆近三个星期后，黎明踏浪号才被拖出峡港港口。大家郑重其事地道别，还有一大群人围着送行。凯斯宾向孤独群岛岛民发表告别讲话，与公爵和他的家人分手时，大家又是欢呼，又是掉泪。但是随着这条船启航，紫红色的风帆依然缓缓飘动，船给拖得离岸越来越远，船尾楼上凯斯宾的号声隔着海面传来，越来越弱，大家都沉默无言了。接着船遇上风了，风帆鼓了出来，拖船解开缆绳掉头回去。黎明踏浪号的船头下初次涌起真正的海浪，顿时又成了一条充满生机的船。不值班的水手都下到舱里，德里尼安在船尾楼值第一班，此时船掉头向东，绕过阿芙拉岛南面驶去。

接下来的几天过得很愉快。露茜认为自己是世界上最幸运的女孩。每天一早醒来，她就看见水面阳光的倒影在天花板上跃动，环顾四周都是她在孤独群岛上得到的精美的新东西——高筒防水靴、中筒靴、披风、皮夹克和披巾。然后她走上甲板，在艄楼上眺望大海，每天早上碧蓝的海面都是一片灿烂，呼吸到的空气也一天比一天暖和。接下来吃早餐，只有在海上旅行的人才会有这么好的胃口。

她有好多时间坐在船尾的小板凳上，跟雷佩契普下棋。棋子太大，它拿不动，如果要下到棋盘的中间，它就会用两个爪子举起棋子，踮起脚尖走过去，瞧它那副模样，真是有趣极了。它棋艺不错，只要记住自己是在下棋，它就常常获胜。不过露茜偶尔也会赢，因为老鼠下了几招可笑的棋子，把马送到由车①

---

① 在国际象棋中“马”的英文名称为 knight，意思是骑士；“车”的英文名称为 castle，意思是城堡，所以下文说雷佩契普把象棋中的“马”同战场上的“骑士”混为一谈了。

护驾的王后面前。发生这种事是因为他一时忘记是在下棋，而是想着在真正打仗，就像真的在战场上让骑士采取了应该采取的行动。因为它满脑子都装着绝望、死亡或光荣的冲锋陷阵和背水一战类似的想法。

可这样的快乐时光并不长。一天傍晚，露茜懒洋洋地在船尾盯着船身开过时海面留下的深沟（或称尾波），这时她看见西边一大片浮云以惊人的速度越积越厚。接着，云层裂开了一个口子，橙黄色的夕阳穿过云层裂口，喷射出来。船后的波涛不同寻常，海面上一片浅褐，一片土黄，像肮脏的帆布。空气变得冷了起来。船身似乎动荡不安，好像感觉到船后有危险似的。船帆一会儿平展无力，一会儿又被风鼓得满满的。她正注意着这些状况，对风声中传来的不祥变化感到纳闷，这时只听德里尼安大声喊叫起来："全体船员上甲板。"所有的人立刻没命地忙了起来。封死舱口，灭掉厨房里的火，水手爬到桅杆上去将帆收起。他们还没来得及将一切收拾好，暴风雨就袭了过来。露茜觉得在他们船的前头出现一个大峡谷，他们一头扎了进去，深得远远超出她的想象。一个大山似的海浪昏天黑地地压了下来，远比桅杆高出许多。看起来准是死路一条了，不料船被抛到浪尖高处。船身此时似乎在打转。海水如洪流般灌到甲板上，艏楼和船尾楼像是两座孤岛，中间隔着汹涌的大海。桅杆高处的水手横躺在帆桁上，拼命想要稳住船帆。一根绷断的缆绳从旁边伸出，在风中像根拨火棍一样又直又硬。

“快到下面去，女王陛下。”德里尼安大叫道。露茜知道，未出过海的人，无论男女对水手来说都是一大麻烦，她便听从了。可这不容易做到。黎明踏浪号朝右舷斜得很厉害，甲板像屋顶一样倾斜。她只好四处爬着，爬到梯子的上边，一把抓住扶手，这时有两个水手爬上梯子，她就站到一边，然后尽快地爬下梯子。又一个浪头咆哮着打过甲板漫到她的肩膀时，她已经紧紧地抓住了梯脚处。虽然她早已被浪花和暴雨打得全身湿透，但这个浪头更凉。她冲向船舱，把飞快冲进黑暗里的惊涛骇浪那可怕的情景挡在门外片刻，可是当然挡不住那一片恐惧的混乱声：地板上脚步的嘎吱声，人们叹息的哼唧声，船上噼啪的断裂声，物品碰击的咔嗒声，大海浪涛的咆哮声，船底隆隆的作响声，所有声音都在底下共鸣，这一切听上去比在船尾楼听上去更加令人惊心动魄。

第二天一整天，第三天一整天，接下去的好几天暴风雨一直持续着，你简直记不住到底几天了。船上总是得有三个人掌舵，只有三个人才能保持一种航向。而且总是得有人用水泵抽水。大家几乎都没法休息，没东西好煮，也没东西好烤，一个水手落水失踪了，大家也见不到阳光。

暴风雨过后，尤斯塔斯在本子上记下这么几条日记：

九月三号。好多天以来我头一次可以动笔写东西。我们顺着飓风航行了足足十三个昼夜。虽然其他人都说只有十二个昼夜，可我知道日子，因为我一直仔细算着。与一群连数字都算不清的人冒着危险航海可真开心啊！我度过了一段艰难的日子，连续几小时在巨浪上颠簸，常常全身湿透，哪里还敢想吃上一顿像样的热饭。更不用说没有无线电话，连发信号用的火箭也没有，所以没有向别的船只发信号求救的机会。这一切证明我一直告诫他们的话一点不错，乘坐这样一条小破船出海真是发疯了。即使是跟着正人君子出海，而不是跟披着人皮的恶魔出海也够糟糕的了。凯斯宾和爱德蒙两人对我简直粗暴极了。我们桅杆折断的那天晚上（现在只剩一个木头橛子了），虽然我身体还根本没有恢复正常，他们还是要我上甲板，像个奴隶似的干活。露茜还插嘴说雷佩契普正巴不得去干活呢，只是它个头太小。我真纳闷，她竟看不出那个小畜生所做的一切不都是为了炫耀自己吗？即使她这样的年纪也应该有那么多的心眼。今天这条该死的船终于平稳了，太阳也出来了。我们一直在商量该做些什么。我们的食物虽然大都是相当难吃的东西，但还够维持十六天。(家禽都被大浪冲走了。即使还有没落水的，风暴这么一刮它们也下不了蛋了。)真正麻烦的是淡水。两个水桶看来是撞开了裂缝，水全没了。(这又是纳尼亚人的办事效率。)淡水配给量只好缩减，每人每天半品脱，这样可以够喝十二天。船上倒还存有不少朗姆酒和葡萄酒，不过连他们也知道那东西只会让人越喝越渴。

如果可以，最明智的办法当然是立刻掉头向西，驶回孤独群岛去。可驶到这里花了十八天的时间，而且还有大风推送，船才像发疯似的快速行驶。即使能遇上一阵东风，要开回去也得花上更长的时间。此刻也根本没有东风的迹象——事实上，一点风都没有。至于划桨回去吧，花的时间就更长了，凯斯宾说水手一天只喝半品脱水根本划不动桨。这种说法我肯定不信。我尽力解释说流汗能让人凉爽，所以如果水手在工作，需要的水就不会太多。他对这话根本不理会，一遇上想不出话来回答时他总是这样。其他人都一致赞成继续前行，盼望能找到陆地。我觉得自己有职责指出，我们并不知道前方有没有什么陆地，我竭力让他们明白异想天开所带来的危险。他们不但提不出一个更好的计划，反而厚着脸皮来问我有什么建议。于是我十分冷静地解释说，在没有经过我同意的前提下，我被绑架到船上参与了这趟白痴的航行，所以帮他们摆脱困境根本就不关我的事。

九月四号。依然风平浪静。午餐配给量很少，我比谁都分得更少。凯斯宾在给大家分配时很精明，还以为我不知道！不知什么原因露茜想把她的份额分点给我，可那个多管闲事的讨厌鬼爱德蒙却不让她分给我。太阳很毒辣。整个晚上都口渴极了。

九月五号。依然风平浪静，但天很热。整天感觉难受，我肯定自己发烧了。他们当然没想到该在船上备支体温表。

九月六号。可怕的一天。夜里醒来，明知自己烧得厉害，必须喝水。任何医生都会这么说。天知道我最不会设法去获取非法利益，可我从没想到定量配给水的规定竟会适用于一个病人。其实我本该去叫醒别人，要些水喝，只是我觉得吵醒别人未免太自私。于是我就起床，拿起我的水杯，蹑手蹑脚走出我们睡觉的那间黑洞，小心翼翼，不要打扰凯斯宾和爱德蒙，因为他们自天热和缺水以来就一直没睡好觉。不管别人对我是好是坏，我总是尽力为别人着想。从黑洞里走出后，我顺利走进那个大房间，如果可以把它称作房间的话，那里摆放着划船的长凳和行李。饮用水就放在这一头。一切都进行得顺顺当当，可是我还没装满一杯水，就被逮住了，除开那个小间谍雷佩契普还会有谁会逮我呢。我想方设法跟他解释说我上甲板去是为了透透风（水的事跟他才不相干呢），可它却问我手上拿个杯子干吗。它大声吵闹，把全船的人都吵醒了。他们待我那态度太过分了。我问，雷佩契普为什么大半夜还会鬼鬼祟祟地摸到那里，我想任何人都会这样问的。它说它个子太小，在甲板上也帮不上什么忙，于是它就每晚值班看水，这样就可以多让一个人去睡觉。这不，他们那套不公平的混账做法又来了：他们全都相信它的话，你又能怎样呢！

我只好赔礼道歉，不然那个危险的小畜生又会拿剑对着我了。这时凯斯宾露出了他横蛮暴君的真面目，大声说给每个人听，说以后凡是发现有人“偷”水，就“罚两打”。爱德蒙跟我解释了我才明白这话的意思。原来这话是出自佩文西家孩子看的那种书里。

凯斯宾这样虚张声势地威胁一通以后，又改变语调，装出一副屈尊的模样，说他对我是爱莫能助，因为人人都跟我一样感到发烧，所以我们必须尽力管好每一滴水等等等等。拿腔拿调、自高自大的讨厌鬼。今天一整天都在床上躺着。

九月七号。今天有点风，可仍是西风。仅靠支在德里尼安所谓的应急桅杆上的部分船帆向东行进了几英里——就是将船艏斜桅竖直，绑(他们称作“扎”)在真正桅杆的支柱上。仍然口渴难耐。

九月八号。继续向东行驶。如今我整天待在铺位上，除了露茜我谁都不见，直到那两个恶鬼上床睡觉。露茜给我一些她的配给水。她说女孩不像男孩那么渴。我以前常常这样想，可是应当让航海的人都明白这一点。

九月九号。看得见陆地了。东南方向远处有一座很高的大山。

九月十号。山越来越大，也越来越清楚，可是仍然相隔很长的路程。不知有多久没看见海鸥了，今天第一次看到。

九月十一号。捕了些鱼来做午饭。大约晚上七点，在这座山岛一个海湾的三英寻深的水里抛下了锚。凯斯宾那个笨蛋不让我们上岸，说是因为天黑，怕遇上野蛮人和野兽。今晚有额外的水配给。

在这个岛上等待着他们的将关乎着尤斯塔斯的命运，这关系比其他任何人都重大，可是这些事不能以他自己的话来讲述，因为九月十一号以后，他有很长一段时间忘了记日记。

到了早上，天空云层低矮，灰蒙蒙的，非常热，这群探险的人才发现他们身处一个四周环绕着悬崖峭壁的海湾，很像是挪威海岸那样的峡湾。在他们前面，海湾滩头上有一片平地，树木丛生，看起来像是雪松，湍急的溪流从林中潺潺流出。激流那头是个陡峭的山坡，坡顶是凹凸不平的山脊，后面是莽莽苍苍的群山，耸入黑沉沉的云堆中，所以看不见山顶。海湾两旁邻近的悬崖，挂着一条条白色的银线，虽然隔着的距离那么远，既看不出有任何动静，也听不到有什么响声，可大家都知道那是瀑布。这地方确实非常幽静，海湾水面平滑如镜，倒映出悬崖上的每个细节。这景色要是在画里面该是多么美妙啊，可在现实里却让人感觉相当压抑。这里可不是一个欢迎游客的地方。

船上的人分两批坐船上岸，人人都到河里喝水，舒舒服服洗了个澡，还吃了顿饭，休息了一会儿，接着凯斯宾才派四人回去看守大船，白天的工作就开始了。所有的事都需要有人去做。水桶必须搬上岸来，损坏的能修的则修，然后全得灌满。必须砍下一棵大树——能找到松树最好——做成一根新的桅杆。船帆也必须修理。还得组织一支狩猎队去打猎，岛上有什么野物就打什么野物。衣服也该洗洗补补，船上无数小裂口必须修好。乍一看简直认不出黎明踏浪号就是离开峡港时的那条雄伟的大船了，如今在远处看上去更加明显。这条船看起来像是条破败的、污染褪色的废船，谁都会把它当作一堆破烂。船员也都好不了多少——个个骨瘦如柴，面色惨白，因睡眠不足而熬得两眼通红，衣衫也破破烂烂。

尤斯塔斯正躺在树下，听着大家在讨论所有的计划，心里感到沮丧极了。难道就不休息了么？看样子，他们到达渴望已久的陆地的头一天就打算像在海上一样辛劳一天。这时他计上心头。没有人看着他，他们都七嘴八舌说着船的事，仿佛他们真喜欢这种讨厌事似的。他为何不悄悄溜走呢？不妨到内陆去溜达溜达，在山上找一个凉爽通风的地方，好好睡上一觉，等大家忙完白天的活儿再回去找他们。他觉得这样做大有好处。不过得仔细留神，要待在能看见海湾和大船的地方，这样才能确定回去的路线。他可不愿意流落在这种地方呢。

他立刻实施自己的妙计。他悄悄起身，穿过树林，小心翼翼慢慢前行，装作漫无目的的样子，这样任何人看见他都会当他不过是在散步而已。他惊奇地觉得身后的谈话声竟然消失了，林子里一下变得那么宁静、那么温暖，眼前只见一片深绿。很快，他就觉得自己可以走得更快点，步伐可以再果断些。

想着这些，他不一会儿就走出了树林。眼前的地面开始变成险峻的斜坡。地面野草干枯而滑溜，手脚并用倒还可以勉强行走，虽然他已气喘吁吁，使劲在额头上擦汗，但还是稳步向前爬着。顺便说一句，尽管他几乎没有觉察到，但这表明新的生活已经对他有了些好处。以前的尤斯塔斯可是父母的心肝宝贝，只要爬上十分钟肯定早就罢手了。

途中歇了几次，他慢慢爬上山脊。他原以为这儿可以看到岛屿中心的景象，哪知云层越来越低矮，越来越靠近，一片雾海向着他扑面而来。他坐下后回头望了望。现在他已经爬得那么高，脚下的海湾看上去很小，还可以看见好几英里长的海面。接着山上的迷雾从四面八方向他逼近，雾很浓但不冷，他索性躺下，来回翻身，竭力找个最舒适的姿势，让自己享受一下。

可是他这样并不开心，或者说并没有享受多久。他开始感到孤独，这几乎是他平生头一次有这样的感觉。这股感觉起初还只是慢慢袭来。接着他开始担心时间。四周没有一丁点儿声音。他忽然想起自己可能在这儿已经躺了好几个小时。说不定其他人早已走了！也许他们故意让他走开，目的就是干脆将他扔下！他惊慌地跳起来，开始走下山去。

他起初只想走得快些，结果滑倒在陡峭的斜坡上，滑出去好几英尺远。接着他觉得这一滑太偏向左边了——因为他爬上来时看见过那一面有悬崖。所以他转身向上爬回去，尽量接近他猜想中原先出发的地方，再重新开始靠右往下走去。后来好像好走多了。他小心翼翼地走着，因为前方一码之外的地方什么也看不到，而且四周一片寂静。心里想着“要快、要快，要快点”，可是却不得不小心翼翼地前进，真是纠结呀。因为被别人抛弃的念头每时每刻存留在心中，而且越来越强烈。假如他真的了解凯斯宾和佩文西兄妹的话，当然他就会知道他们是决不会做出任何这类事的。但他心里却在说服自己相信他们全是披着人皮的魔鬼。

“终于到了！”尤斯塔斯脱口喊道。他顺着从一条石子松散的滑坡(他们称作碎石堆)滑下去后，不知不觉到了平地。“唉，那些树到哪儿去了？前面有些黑糊糊的。天，雾应该是散去了才对呀。”

雾的确是散去了，光线越来越亮，他直眨着眼睛。雾已经散开了，可他此时却落在一个全然陌生的山谷里，根本看不到大海。

第六章

尤斯塔斯历险

就在那个时刻，其他人都在河里洗手洗脸，正准备吃晚饭，然后休息。三个最好的弓箭手去了海湾北面山上，打了一对野山羊归来，现在正在火上烤着呢。凯斯宾已下令搬一桶酒到岸上，那是阿钦兰的烈酒，得掺上水才能喝，所以每个人都可以喝个够。一切工作到目前为止都很顺利，这餐饭大家都吃得非常开心。直到又添了一份山羊肉后，爱德蒙才问："尤斯塔斯那讨厌鬼上哪儿去了？"

此刻，尤斯塔斯正瞪着眼睛四下观望陌生的山谷。山谷又窄又深，四周的悬崖非常陡峭，看起来就像是个大坑或是深沟。底部遍地岩石却长满了草，尤斯塔斯看见到处是烧焦的黑斑块，就像干燥的夏天在铁轨路堤两边见到的斑块一样。离他约十五码外有个清澈平静的水塘。起初，山谷里其他什么东西也没有，没有走兽，没有飞禽，没有昆虫。太阳火辣辣地直射下来，狰狞的峰峦俯临谷沿。

尤斯塔斯当然明白是自己在雾中走错了路，爬到了山脊的另一边。所以他马上转身察看回去的路。可是他一看便不禁浑身发抖。显然他是万分走运才摸到这唯一一条下山的路的——一条长长的绿色暗道，陡峭狭窄，两边悬崖耸立。要回去再没有别的路可走。虽然此时已经看到了实际情况，但还能不能上去呢？一想到这些，他就头晕。

他又掉过头来，心想不管怎样自己最好先在水塘里喝个痛快。谁知一转身，还没向山谷迈出一步，就听到身后冒出一阵声响。声音虽然很小，可在这悄无声息的寂静中听上去也够大的。他吓得在原地呆呆地站了一会儿，这才回过头去看。

悬崖底部在他左面不远的地方有个低矮的黑洞——也许是一个山洞的入口。洞口冒出两缕青烟。黑洞下面那些松散的石头正在移动（他听到的就是那种声响），好似有什么东西在后面暗处爬着。

果然是有什么东西在爬。更糟糕的是，那东西竟然爬出来了。要是换作爱德蒙、露茜或是你，可能一眼就认出这是什么东西了，可尤斯塔斯没看过一本对路的书。爬出来的那个东西他连想像都没想像过——铅灰色的长鼻子，暗红色的眼睛，身上没有皮毛，拖着一条长长的柔软身子在地上爬行，腿弯部分抬起来比背部还高，像是蜘蛛凶残的爪子，蝙蝠般的翅膀打在石头上发出刺耳的刮擦声，尾巴很长很长。那两缕青烟是从它两个鼻孔里冒出来的。他心里从未想到“龙”这个词。就算是想到了，事情也好不到哪儿去。

可是，他要是对龙有一些了解，也许他对这条龙的行为就不会那么吃惊了。这条龙没有坐起来拍打翅膀，也没有从嘴里喷出一串火焰。它鼻子里冒出的烟就像是火焰的烟雾，没多久就灭了。它似乎也没有发现尤斯塔斯，只顾缓慢地朝水塘爬去，还歇了好多次。尤斯塔斯尽管心里很害怕，但还是觉得这是个衰老凄惨的怪物。他不知道自己敢不敢冲过去爬上坡。不过如果他要是弄出声音，它就可能会清醒过来。也许它本身就是在装蒜。既然如此，拼命爬上去，企图逃离一只会飞的怪物，这又有什么用呢？

这只怪物爬到水塘边，把长满可怕鳞甲的下巴滑到砂粒上，可它还没喝上水，就发出嘎嘎一声嚎叫，抽搐挣扎了好几下后，翻个身躺倒在另一侧，便一动不动，一只爪子翘在半空中。张大的嘴里涌出一点乌黑色的血。鼻孔里冒出的烟一时也变得黑黑的，接着又飘散了。就此再没有了动静。

尤斯塔斯好长时间不敢动弹。也许这是那只怪物的诡计，诱惑外来人送死的伎俩。可也不能老等下去啊。他向龙走近一步，再走两步又停下来。那条龙还是一动也不动。他还注意到它眼睛里的红色火焰消失了。他终于走到它的跟前。这下他完全肯定它死了。他哆哆嗦嗦伸手去摸了摸它，什么动静也没有了。

尤斯塔斯大大舒了口气，轻松得差点大笑出来。他开始觉得自己仿佛是与那条龙打了一仗，亲手把它杀死，而不是看着它死去。他跨过龙身，走到水塘边喝水，因为此时天气热得让人难以忍受。他听到一阵隆隆雷声，倒并不吃惊。雷声响过，太阳瞬息间就不见了，他还没喝完水，大滴大滴的雨点就打了下来。

岛上的天气十分令人讨厌。转眼间尤斯塔斯就浑身湿透，眼睛什么都看不清了，欧洲可没有见过这么大的雨。只要这场大雨一直下，想爬出山谷也没用。他冲进这唯一能看见的躲避处——龙洞去避雨。他在那里就地躺下，使劲地喘着气。

我们许多人都知道在龙洞里会看到什么，可是正如我之前所说，尤斯塔斯只看过些毫不相干的书籍，那些书上尽说什么出口、进口啊，还有什么政府啊、资金外流啊，就没有说到关于龙的事情。所以他对自己身子躺着的地面感到莫名其妙。地面上有的地方太刺人但不像是石头，而且太硬也不像是荆棘，好像是有一大堆又圆又扁的东西，他一动，这些东西就叮叮当当地作响。洞口有一束光线照进来正好可以让他看个仔细。尤斯塔斯所看到的当然就是我们任何人事先都可以告诉他的东西——财宝。有好多王冠(就是那些刺人的东西)、硬币、戒指、手镯、金锭、酒杯、餐盘和宝石。

尤斯塔斯与众多男孩不一样，他对财宝从不看重，可是他一看到财宝就明白，在他糊里糊涂从家里露茜的卧房那张画上闯入的新天地中，这笔财宝一定大有用场。“这里什么税费都不用上缴，”他说，“也不用把财宝交给政府。有了这些宝贝，我可以在这儿——也许在卡乐门吧——过得逍遥自在。这国名听上去一点不像是假的。不知我能带走多少呢？现在就拿上手镯——上面镶嵌的那些东西很可能是钻石——我要把手镯戴在自己手腕上。要是太大，我把它撸到我的胳膊肘上就好了。然后再将钻石装满口袋——这可比装黄金容易。就不知这场该死的雨打算几时才停?”他坐到财宝上比较舒适的地方静心等待，那儿大多是些硬币。不过，受了这场惊吓，尤其是走了山路后再受这样一场惊吓，人就必然感到非常疲惫。尤斯塔斯竟一下睡着了。

在他鼾声大作进入梦乡后，其他人已吃过晚饭，这才对他的下落真正着急起来。他们大声喊叫："尤斯塔斯！尤斯塔斯！尤斯塔斯！"大家声音都喊得嘶哑了，凯斯宾还吹响了号角。

"他没在附近，不然早能听到了。"露茜脸色发白地说。

"这家伙真混蛋。"爱德蒙说，"他这样鬼鬼祟祟地溜走，究竟要干什么嘛?"

"可我们必须想想办法。"露茜说，"他可能迷了路，或者掉进了山洞，或者被野人抓走了。"

"或者碰上野兽把命丢了。"德里尼安说。

"我说啊，要真丢了命那倒是解脱了。"赖因斯嘀咕说。

"赖因斯先生，"雷佩契普说，"你从没说过一句有失身份的话。这家伙虽不是我朋友，可他是女王的亲属，只要他是我们一条船上的伙伴，那就要去找到他，他要是死了就为他报仇，这事关我们的名誉啊。”

“我们当然得去找他(如果找得到的话)，”凯斯宾疲惫地说，“真是讨厌啊。这就意味着要组织一支搜救队，还有没完没了的麻烦。尤斯塔斯真烦人!”

就在此时，尤斯塔斯睡啊睡啊睡啊，直到手臂疼痛才醒了过来。月光正射在洞口边，睡在这些财宝上似乎应该更加舒服。其实他几乎一点都没感到舒服。他开初只是莫名其妙地感觉手臂疼痛，可是不一会儿他想起他撸到肘拐上的手镯竟然变得出奇的紧。手臂肯定是他在熟睡时发肿了(是他的左手臂)。

他移动了一下右臂，想去摸下左臂，可是他还没挪动一英寸就停住了，吓得直咬嘴唇。因为就在他右边前面不远的地方，月光把洞里的地面照得清清楚楚，他看见一个可怕的影子在移动。他认出了那个影子：是龙爪。他挪动自己的手，那影子也跟着移动，他一停下，影子也停下了。

“哎呀，我真是个笨蛋啊。”尤斯塔斯心想，“那怪物当然有个同伴，此时就躺在我旁边。”

好大一会儿他丝毫不敢动弹。他看到两缕细烟在眼前升起，衬着月光，烟是黑的，正如刚才那条龙临死前鼻子里喷出来的烟一样。这景象令人感到恐惧，他不由屏住呼吸。此刻两缕细烟也消失了。他口里再也憋不住，悄悄地呼出一口气，那两缕细烟顿时又喷了出来。即使这样，他还是对事情的真相一无所知。

没一会儿，他决定小心翼翼缓缓向左移动，设法溜出洞穴。也许这怪物睡着了——不管怎样，这可是他唯一的机会了。可是在他摸到左边之前，当然就免不了朝左边看看。天呀，太恐怖了！那边也有一只龙爪。

如果此时有谁看见尤斯塔斯流泪的话，绝不会怪他。他看到自己的眼泪竟在面前的财宝上洒了一大片，不由大吃一惊。这泪水似乎也烫得出奇，还直冒着热气呢。

但是哭也没用。他必须想法从这两条龙中间爬出去。他开始伸展右臂。右边那条龙的前肢和爪子也跟着一模一样地伸展右臂。于是他想自己应该试试左臂，结果那条龙前肢的动作竟也跟他一模一样。

他身旁左右两条龙，不管他做什么，都在照着做！他再也受不了啦，只好赶快逃走。

他冲出洞口时，只听到身后一阵咔嗒咔嗒的刺耳声，金子铿铿锵锵，石头嘎吱嘎吱，他还以为两条龙都跟着他呢。他根本不敢回头看，径直冲到水塘边。那条躺在月光下的死龙扭曲的形状足以吓死任何人，可这会儿他却完全顾不上了。他一心只想着走到水里去。

哪知刚走到水塘边就发生了两件事。头一件，对他如同晴天霹雳，原来他一直是用四肢在地上跑着——他究竟为什么会一直这样呢？第二件，他弯腰趴向水面时，一瞬间看见水塘里还有一条龙正在盯着他看呢。不过他马上明白真相了。水塘里的龙脸竟然就是自己的倒影。这一点毫无疑问。他动它也动，他张嘴它也张嘴，他闭嘴它也闭嘴。

他竟然在睡着的时候变成了一条龙。睡在龙的宝窖里，心里怀着与龙一样的贪婪念头，他自己也就变成了一条龙。

一切都已清楚无疑。原来洞里根本就没有两条龙在他身边。左右两只爪子其实就是他自己的左手与右手。两缕细烟也是从他自己的鼻孔里冒出来的。至于他左臂(或者说他过去的左臂)疼痛，现在他闭着双眼也看得出是怎么回事了。原先正好戴在小孩手臂上的手镯，套在龙那条粗短的前肢上当然就会太小太小了。手镯已经深深地陷进鳞状的肌肉里，两边的肉都鼓起来了，卜卜直跳。他用龙牙去咬那儿，可是没法咬掉。

尽管还很痛，他第一个感觉是放下心来，现在反而没什么可怕的了。此时他自己就是一个让人恐怖的怪物，世上除了骑士以外(并不是所有的骑士都如此)，没有谁敢对他攻击。如今他甚至可以跟凯斯宾和爱德蒙算算旧账了……

可就在他想到这些的那一刻，心里倒明白自己根本不想这样去做。他想要交朋友。他想要回到人类中间去，和他们一起谈天说笑，分享一切。他明白自己成了与整个人类隔绝的怪物。一股可怕的孤独感向他袭来。他开始明白其他人根本不是什么恶魔。不禁纳闷自己究竟还是不是他一贯自以为的好人。他很想听到他们的声音，即使是雷佩契普说一句好话，他也会感激不尽。

想到这条可怜的龙就是过去的尤斯塔斯，他竟放声痛哭起来。一条强大的龙，竟在月光下一个荒凉的山谷里哭得死去活来，那情景，那哭声，简直让人难以想像。

最后他决定设法寻找回到海岸去的路。现在他才明白凯斯宾决不会把船开走，丢下他不管。他深信自己无论如何总会有办法让大家明白他是谁。

他痛痛快快喝了一肚子水，然后将那条死龙几乎全部吃掉。(我知道这听上去太让人震惊，不过仔细想想也没什么。)他吃了一半才意识到自己在干什么。因为，你可以明白，虽然他的头脑是尤斯塔斯的头脑，可他的口味还有消化能力却是龙的。而龙喜欢的食物莫过于新鲜的龙肉。这也是为什么你在同一个地方难以找到第二条龙的缘故了。

于是他转身爬出山谷。他开始是连跳带爬，谁知他一跳就觉得自己竟然飞起来了。他完全忘记了自己还有翅膀，这对他可是个特大惊喜——他好长时间以来没有享受过惊喜了。他飞向天空，看见月光中身下无数山顶绵延铺陈。他看得到像一块银板似的海湾，黎明踏浪号就停泊在那里，海滩边树林里的篝火闪烁着。他从高处滑翔下去，朝他们直冲下去。

露茜此时睡得正香，因为她一直期盼听到尤斯塔斯的好消息，等到搜救队回来才去睡。搜救队由凯斯宾亲自率领，很晚才回来，全累坏了。他们带回的消息令人不安。他们没找到尤斯塔斯的踪迹，却在一个山谷里看见一条死龙。他们都尽了最大努力去寻找，人人都向别人保证说附近再也不可能还有别的龙了，那条龙是在那天下午三点左右死的(也就是他们找到它的时候)，它不可能在短短几个小时前吃过人。

“它要不就是吃了那小鬼送命的，他对什么都有毒。”赖因斯说。不过他是压低嗓子说的这话，没人能听见。

可是那天深夜有人轻轻叫醒了露茜，她看到全体同伴紧紧凑在一块，悄声说着话。

“怎么了?”露茜问。

“我们所有人必须坚定不移。”凯斯宾正说着，“一条龙刚才飞过树顶，停落在沙滩上。是啊，恐怕就停在我们与大船之间。用箭来对付龙完全没用。再说龙也根本不怕火。”

“请陛下恩准——”雷佩契普开口说。

“不，雷佩契普，”国王十分坚定地说，“你一定不能与它单独决战。你要是这事不能承诺我的话，那我就把你绑起来。我们只需对它密切监视，天一亮就到海湾去跟它开战。我来带头。爱德蒙国王在我右翼，德里尼安爵爷在我左翼。不再作其他部署了。再有一两个小时天就亮了。一小时内开饭，把剩下的酒也送上来。记住，悄悄地做这一切。”

“也许它会走开。”露茜说。

“要是它走开那倒会更麻烦，”爱德蒙说，“因为这样一来我们就不知道它在哪里。如果屋子里飞进只黄蜂，我倒愿意看得见它。”

那天夜里剩下的时间太难熬了，开饭时尽管他们都知道该吃饭了，可是很多人都发觉自己根本没有胃口。黎明前的几小时似乎漫长无边，好不容易才等到漆黑的天色渐渐发亮，小鸟开始到处叽叽喳喳，四周反而变得比整个黑夜更冷更湿。这时凯斯宾说：“朋友们，该动手了。”

他们一拥而上，个个手握利剑，形成严实的阵容，露西在中间，雷佩契普在她肩上。这总比坐等的感觉好多了，人人都觉得别人比平时更加亲切。不一会儿他们就开始前进。他们来到树林边时，天色又亮了些。那边的沙滩上就躺着那条龙，像一条巨大的蜥蜴，又像一条柔韧的鳄鱼，也像一条四脚大蟒蛇，身躯庞大，外形可怕，周身隆起。

但是那条龙看见他们不但没有抬起身，喷出火焰，反而退了回去——几乎可以说是举步蹒跚地缩回到浅滩上。

“它那样摇头是要干吗呢?”爱德蒙问道。

“这下是在点头了。”凯斯宾说。

“它眼里流出了什么东西呢。”德里尼安说。

“哎呀，你们看不出吗?”露茜说，“它在哭。流出的是眼泪呢。”

“我们绝不可相信它那一套，女王陛下。”德里尼安说，“鳄鱼就是那个样子，想让你消除戒心。”

“你说这话时它听了直摇头，”爱德蒙说，“仿佛是在说‘不’。看，它又摇头了。”

“你们觉得它能听懂我们在说什么吗?”露茜问。

那条龙这下使劲地点头。

雷佩契普跳下露茜的肩头，站到前面去。

“龙啊，”它尖声喊到，“你能不能听懂话呢?”

那条龙点点头。

“你会说话吗?”

它摇了摇头。

“这么说，”雷佩契普说，“问你话也只是在白费口舌啦。不过假如你发誓与我们做朋友，就把你的左前腿高举头上。”

那条龙照着做了，不过动作笨拙，因为腿上还勒着金镯，又痛又肿。

“哎呀，快看，”露茜说，“它的腿有问题。真可怜——也许这就是它哭的缘故吧。说不定它来找我们就是为了求医，就像《安德鲁克里斯与狮子》[①]那个故事里讲的一样。”

“当心，露茜，”凯斯宾说，“这是条非常聪明的龙，但它也可能是个骗子。”

然而，露茜已经向前跑去，雷佩契普赶快撒开两条短腿紧跟上去，几个小伙子和德里尼安当然也跟了上去。

“把你那可怜的爪子给我看看，”露茜说，“我兴

---

① 故事中的安德鲁克里斯是一个非洲奴隶。他为了躲避残酷的奴隶主而躲进一个笼子。在那里他碰到了一只因为大刺扎进脚掌而痛苦万分的狮子。他帮狮子拔掉了大刺并照顾它。后来，他被奴隶主抓到并被丢进斗兽场面对一只狮子。而这只狮子正是他救过的老朋友。它不但没有吃他，还当着所有罗马人的面亲吻他。最终，安德鲁克里斯和狮子都获得了自由。

许能为你治好。”

那条原本是尤斯塔斯的龙欣喜万分地伸出痛腿，想起自己还没变成龙的时候，露茜真诚治好他晕船的事情。可是他失望了，魔药只使它的腿略为消肿止痛，却不能化掉金镯。

这时所有的人都围过来看着她给龙治伤。凯斯宾突然大声喊道：“看这里！”他的双眼盯着那只金镯。

第七章

走出险境

"看什么?"爱德蒙说。

"瞧这金镯上的图案。"凯斯宾说。

"一把小铁锤,上面有颗星状的钻石。"德里尼安说,"哎,我以前见过这个。"

"你见过!"凯斯宾说,"啊,你当然见过。这是纳尼亚一个王室的标志。这是奥克特宪爵爷的手镯。"

"坏蛋,"雷佩契普冲那条龙叫道,"你是不是吃掉了一个纳尼亚的爵爷?"可是那条龙却使劲摇头。

"你们应该知道,或许,"露茜说,"这就是奥克特宪爵爷中了魔法变成的一条龙。"

“这也不一定，”爱德蒙说，“所有龙都收藏金镯。不过我倒猜想，奥克特宪肯定没有活着走出这个小岛。”

“你是奥克特宪爵爷吗？”露茜对龙说，看到它伤心地摇头后又问，“那你是中了魔法的人——我是说是个人吧？”

它听了拼命点头。

于是有人说——事后大家争着议论是露茜先说，还是爱德蒙先说——“你不会是——是尤斯塔斯吧？”

这下尤斯塔斯猛点他那可怕的龙头，还把龙尾在海水里不断拍打，大家连忙往后退，避免他眼里涌出的滚滚热泪溅到身上。几个船员还口出脏话，这些我就不写在书里了。

露茜竭尽全力安慰他，甚至鼓起勇气去亲吻他那满是鳞甲的脸颊，几乎人人都说“倒霉”，还有好几个人叫尤斯塔斯放心，还说他们都会帮助他，不少人说必定会有法子为他解除魔法，一两天内他们就完全可以正常地跟他在一起了。他们当然都急于了解他的经历，可他还不能说话。接下来的几天里，他不止一次想把自己的经历给他们在沙滩上写出，可是他竟一次都没写成。首先，尤斯塔斯从来没读过一本对路的书，根本不知道怎么直接讲故事。其次，他不得不借助的龙爪的肌肉和神经从来就没学过写字，龙爪本身就不是长来写字的。结果，他根本没来得及写完，海潮就涌了上来，把所写的字全部冲刷掉，只留下一些他已经踩住的，或者他无意挥动尾巴扫出来的片断。所以大家看得到的正如下文——虚点部分是已被他弄得模模糊糊而无法辨认的地方——

> 我去垂……尤我是说龙洞因它死了，而且飞翔得如此……醒来然后……逃跑后，我的手臂就麻烦了……

不过大家都清楚，尤斯塔斯变成龙以后性格倒变得好多了。他很想帮助别人。他飞遍全岛，发现岛上群山绵延，只有野山羊和成群的野猪。他带回来许多死羊和死猪给船上补充给养。他在捕杀中非常仁慈，因为他尾巴一甩就能弄死野兽，野兽便在不知不觉之中(甚至还根本不知道)就送了命。他自己当然吃了一些，但是总是独自一人吃，因为既然是条龙了，就喜欢吃生的，可他绝对不能忍受有人看见他吃这些血腥的东西。一天，虽然他飞得既缓慢又吃力，但心里却十分得意，原来他把一棵高大的松树带回了营地，这是他在遥远的山谷里连根拔起来的，可以用来做一根主桅杆。晚上如果天气变冷，暴雨过后常会这样，他会让大家感觉舒适，因为全船人员都会过来，背靠着围坐在他那暖和的两侧，把全身焐得热热的，烘得干干的。他喷出一口带火的热气，连最难点着的柴火也会一下燃起来。有时他会挑上几个伙伴骑在他背上飞行，让他们能看见在身子底下旋转而过的绿色山坡，岩石满布的高地，狭窄如坑的山谷，还有大海朝东那边的远处，蓝色地平线上有一个深蓝色斑点，那里可能就是陆地。

尤斯塔斯觉得能受人喜欢，更难得的是觉得能喜欢别人，这份欣喜对他来说无比新奇，也因为有了这份欣喜才使他不感到绝望。因为做一条龙非常郁闷。他飞过山湖时，一看到自己的倒影，总不免打个寒噤。他讨厌那对巨大的蝙蝠翼，锯齿般的脊背，还有那些凶残的爪子。他几乎害怕独自一人待着，可他又羞于和大家在一起。晚上没人把他当作热水袋用时，他就从营地悄悄溜走，像条蛇似的蜷缩着躺在树林和大海之间。遇上这种情况，大大出乎他意料的倒是雷佩契普常常过来安慰他。这只高尚的老鼠会偷偷离开篝火周围欢乐的人群，靠坐在龙头旁，找准风向，避开他冒烟的呼吸。它还会解释说，尤斯塔斯的遭遇是命中注定的一个明显事例，如果尤斯塔斯到纳尼亚它自己家(其实是个洞，不是屋子，龙头进不去，更别说龙身了)，它倒可以举出一百多个事例来说明，像什么皇帝啊，国王啊，公爵啊，骑士啊，诗人啊，情人啊，天文学家啊，哲学家啊，还有魔法师啊，他们都曾经富贵荣华，后来跌落到极其悲惨的境地，可是他们当中不少人最终都恢复过来，过上美美的日子。

也许这番话当时听起来并不那么让人感到宽慰，可确实是一片好意，尤斯塔斯对此终身难忘。

可就在他们准备起航时，该拿这条龙怎么办，这个问题就像朵乌云笼罩在大家头上。他在场的时候，大家都尽量不谈此事，可他还是不免偷听到一些话，诸如“把他安放在整个甲板的一边合适吗？那我们就得把所有存储的物品搬到另一侧来让船身保持平衡”。还有，“拖上他走行吗？”或者，“他能一直飞下去吗？”或者，最常听到的是，“可是我们拿什么给他吃呢？”可怜的尤斯塔斯越来越明白，打他第一天踏上甲板起，就是个十足的讨厌包袱，如今他成了更大的包袱。这种想法深深嵌入他的脑海，就像那手镯深深嵌入他的前腿一样。他知道用大牙去撕咬反而更糟，可他还是忍不住时时要去撕咬，尤其是在炎热的夜里。

他们在龙岛登陆后，大约六天过去了。有一天爱德蒙恰好一大早就醒了。天刚蒙蒙亮，因此只看得见身边和海滩之间的树干，而看不见别处的东西。他醒来时觉得听到什么东西在移动，所以他撑起一只手坐了起来，看了看四周。不一会儿就觉得看见一个黑影在树林靠海的方向走动。他脑子里顿时出现一个念头："我们还那么肯定这岛上根本就没有土著人吗?"接着就寻思这人是凯斯宾吧——身材正好差不多——可是他知道凯斯宾一直睡在他身旁，看得出他没动弹过。爱德蒙确认自己的剑还在原处，于是便起身去察看。

他轻手轻脚地来到树林边，看到那黑影还在。这时他发现这黑影比凯斯宾要小，比露茜要大。黑影并没有逃走。爱德蒙拔出剑来，正要向黑影动手，这时陌生人低声问到：

"爱德蒙，是你吗?"

"是我。你是谁?"他说。

"你不认识我啦?"对方说。"是我啊——尤斯塔斯。"

"天哪，"爱德蒙说，"果然是你。我亲爱的兄弟——"

“嘘——”尤斯塔斯说着身子突然倾斜，仿佛要跌倒似的。

“嗨!”爱德蒙扶稳他说，“怎么啦？生病了么?”

尤斯塔斯沉默了好大一会儿，爱德蒙还以为他晕过去了，最后他才说：“太可怕了。你不知道……不过现在好了。我们可以找个地方谈谈吗？眼下我还不想见到其他人。”

“可以啊，想上哪儿就上哪儿吧。”爱德蒙说，“我们到那边去，坐在岩石上。哎呀，看见你——呃——还是老样子，心里真高兴。你一定吃了不少苦头吧?”

他们走到岩石那里坐下来，眺望海湾对面，此时天空渐渐发亮，天上只有一颗低得接近地平线的星星，除了这颗明亮的星星，其他的星星都不见了。

“等我能对别人说了，这事也就全过去了，我才告诉你我是怎样变成——一条龙的。”尤斯塔斯说，“对了，我那天早上在这儿出现，听到你们说到龙这个词，我才明白自己是龙。我要给你讲讲我怎样不再是龙的。”

“说吧。”爱德蒙说。

“嗯，昨晚我比以往都难受。那只可恶的手镯勒得我简直痛不欲生……”

“现在好些了吗?”

尤斯塔斯发出一阵笑声——爱德蒙以前可从未听到过他的这种笑声——手镯一下就从他的手臂上滑落下来。“瞧，”他说，“我觉得谁喜欢谁就拿去戴吧。唉，我还说嘛，当时我正醒着躺在那儿，不知道自己到底会怎么样。这时——不过，听着，这也许完全是一场梦。我自己并不知道。”

“接着说啊。”爱德蒙很有耐心地说。

“唉，反正我抬头一看，就看见一头大狮子慢慢朝我走来，这是我最料想不到的一幕。奇怪的是昨晚并没有月亮，可是那头狮子走到哪里，哪里就有月光。它朝我越走越近，我害怕极了。你也许会这么想，我既然是条龙，要打倒狮子那不是一件轻而易举的事吗？可这不是那种害怕。我并不是怕它吃掉我，我只是怕——要是你能理解的话。唉，它向我逼近了，还一直盯着我的眼睛。我紧紧地闭上眼睛，但这根本没用，因为它要我跟着它。”

“你意思是它说话了？”

“我不知道。既然你现在提到了，我想它未必说过。不过它真的要我那样做。我知道我不得不按它的要求去做，所以我就起身跟着走了。它带我走了好长一段路，进到山里。不管我们走到哪里，月光总是笼罩在狮子上空和周围。就这样我们最终来到一座我从未见过的山顶，在这座山顶上有个花园——里面树木成林，果实累累，应有尽有。花园中间有口井。

“我知道这是口井，因为可以看见井水咕噜咕噜地从底部往上冒出来。不过这口井比大部分井都更要——像一个圆圆的大浴池，有大理石台阶直通井底。井水清澈见底，我寻思要是能下水洗个澡，腿痛定会缓解。可是那狮子吩咐我必须先脱去衣服。听着，我不知道它是不是大声说了这些话。

“我正想说我不能脱去衣服，因为我身上根本就没穿什么衣服。这时我突然想起龙跟蛇是一类的动物，蛇可以自己把皮蜕去。啊呀，真是的，狮子当然就是这个意思。于是我就动手在身上一阵乱抓，鳞甲开始脱落，一会儿就落得遍地。接着我再抓得更深一些，这下鳞甲不只是处处掉落，而是整张皮都整个地剥掉了，就像患了一场大病一样，仿佛自己是根香蕉。不一会儿我就全身脱壳而出。我看见整个鳞壳就落在我身边，看上去非常恶心。这时的感觉真是舒服极了。于是我就下井去洗澡。

“哪知我正要把脚伸进水里，弯下身一看，又看见自己周身像刚才那样又粗又硬，浑身皱纹，全是鳞甲。哦，对了，我说，这无非表明自己第一层外衣下还有一身小些的内衣，我也得脱掉才行。所以我又重新抓扯，里层的皮也完整脱落下来了，我再次脱壳而出。我将这身皮脱落在刚才脱下的那身皮旁边，就走下井去洗澡了。

“唉，真没想到一模一样的事又发生了。我暗自寻思，天哪，我到底要脱下多少层皮啊？因为一心只想洗洗腿，所以我又抓了第三回，脱下了第三层皮，跟前两回一样又一次脱壳而出。可是一看到自己在水里的倒影，就知道还是没用。

“于是狮子说——可我不知道它是否真的开口说了话——‘你一定是要让我帮你脱衣服。’可以实话对你说，我怕它的爪子，可是这下我实在顾不了那么多了。所以我就平躺在地，让它来做。

“它一开始撕扯就很深，我都以为渗到心窝里了。它开始把皮拉下来时，那种疼痛简直无法比拟。唯一让我能忍受下来的是感到剥下壳时的那舒畅劲儿。你要是剥过伤口的痂就知道那种滋味。虽然疼极了，可是看到那层痂脱落，心里就会感到说不出的高兴。”

“我完全明白你的意思。”爱德蒙说。

“好了，它立刻把那层可恶的皮撕扯下来——就像前三次我以为自己已经扯掉了一样，只是前几次不痛——这层皮就掉在草地上，很明显，比前几层皮厚得多、黑得多，看上去比前几次的还多了许多疙瘩。这下子我就像一根剥了皮的细树枝一样又滑又软，个子也比先前小多了。于是它抓住我——我并不喜欢它这样做，因为我身上已经没皮了，肉也变得很嫩——它把我扔进水里。我全身剧烈疼痛，好在只有一会儿。过后感觉相当舒服，等我开始游泳拍起水花，就感觉手臂一点也不痛了。我这才明白了是怎么回事。我又变回男孩了。我跟你说，我摸到自己胳膊时的那种兴奋劲儿，你准会以为我在骗人。我知道我的手臂上没有肌肉，比起凯斯宾的来逊色多了，可是看见自己的手臂，心里真是高兴极了。

“过了一会儿，狮子把我拉上来，替我穿上衣服……”

“替你穿衣服，用它的爪子？”

“哎呀，我记不大清楚了。不过不管怎么着，它给我换上了新衣服——事实上，就是我现在穿上的这一身。于是我就突然回到了这里。这一切让我认为自己一定是做了一场梦。”

“不，这不是梦。”爱德蒙说。

“为什么不是？”

“这个嘛，其一呢，身上穿着这身衣服；其二呢，你已经——不再是龙了。”

“那你认为是怎么回事？”尤斯塔斯问。

“我认为你见到阿斯兰了。”爱德蒙说。

“阿斯兰！”尤斯塔斯说，“自从我们乘上黎明踏浪号，我就听到过人们好几次说起这个名字。可我觉得——我不知道是为什么——我不喜欢这个名字。不过我当时对什么都不喜欢。顺便说一下，我愿意给大家道歉。恐怕我过去非常让人讨厌吧？”

“那倒没什么。”爱德蒙说，“我俩私下说说，你还不如我第一次到纳尼亚来时那么坏。你只不过是个蠢货，可我是个叛徒。”

“好了，别跟我说这事了。”尤斯塔斯说，“可阿斯兰是谁啊？你认识它吗？”

“哦，它认识我。”爱德蒙说，“它是狮王，海外大帝的儿子，它救过我，救过纳尼亚王国。我们都见过它，露茜见它的次数最多。也许阿斯兰国土正是我们要驶向的地方。”

他们俩好一会儿谁都没说话。最后一颗明亮的星也消失了，虽然他们看不见日出，因为他们右边有群山挡住视线，可他们知道太阳正在升起，因为他们顶上的天空和前面的海湾已变成玫瑰红色了。这时他们身后的树林里传来鹦鹉之类的鸟叽叽喳喳的鸣叫声，他们听见树林中有动静，最后响起了一阵凯斯宾的号角声。营地的人们开始活动了。

当爱德蒙和重新变回人身的尤斯塔斯走进围着营火吃早餐的人群中，大家都兴高采烈。这时当然人人都听说了他经历的前半部分故事了。大家很想知道另外一条龙是不是几年前杀害了奥克特宪爵爷，或者奥克特宪是不是就是那条老龙。尤斯塔斯在洞里塞入自己口袋的珠宝随着他当时穿上的衣服一起丢失了，不过大家谁也不想回到山谷去多找些财宝，尤斯塔斯就更不愿意了。

没几天工夫，黎明踏浪号就重新换上新的桅杆，重新上漆，备足物品，准备启航。上船前，凯斯宾叫人在一座面对海湾的悬崖壁上刻上这些话语：

龙　岛

纳尼亚国王凯斯宾十世于执政第四年发现此地。

据推测，奥克特宪爵爷亡于此地。

这会儿说“尤斯塔斯从那时起就变了”，可谓恰到好处，而且非常接近真实。严格地说，他开始变成一个与众不同的男孩。他有时也会反复，仍然很多时候还是非常叫人讨厌。不过那些事情我大多不会去在意。他开始有治了。

奥克特宪爵爷的手镯归属倒也稀奇。尤斯塔斯不想要它，便交给了凯斯宾，凯斯宾又给了露茜。她对这手镯也并不感兴趣。“那好吧，随它去吧。”凯斯宾说着便把它抛向空中。这时大家都站在那里观看悬崖上的字迹。手镯在空中飞起，在阳光照射下闪闪发光，就像一个正中目标的铁环一样，套中了岩石的一个小尖角，这就挂在上面了。没人能从下面爬上去取下它，也没人可从上面爬下去摘掉它。据我所知，它至今还静静地挂在那里，兴许会一直挂到世界末日来临呢。

第八章

死里逃生

黎明踏浪号驶出龙岛，人人都欢呼雀跃。一出海湾就遇上顺风，第二天一早他们就到了那个无名的地方。尤斯塔斯还是条龙的时候，一些人骑在他身上飞过群山时曾见过这地方。这是一个地势较低的绿岛，上面只有一些兔子和几只山羊，不过根据石屋的废址和火烧过发黑的地方来看，他们判断这地方不久前还住过人。岛上还有一些骨头和破烂的武器。

“海盗干的好事。”凯斯宾说。

“要不就是龙干的。”爱德蒙说。

他们在岛上所找到的其他东西就只是沙滩上的一

条小皮艇，或者又叫皮筏子。那是用生皮绑在一个柳条框架上做成的，是条很小的船，只有四英尺长，船桨还在船里搁着，大小倒与船相称。他们心想，这皮艇要不是给小孩做的，就是那地方的人是小矮人。雷佩契普决定把船留下，因为船的尺寸正好适合它用，这样就把小皮艇带到大船上去了。他们把这地方叫做火烧岛，中午前就离开了这个小岛。

他们顺着东南偏南的风航行了大约五天，看不见一块陆地，也看不见鱼，看不见海鸥。后来有一天下了一场大雨，直到下午才停。尤斯塔斯输给雷佩契普两盘棋，不免又像以前那样露出令人讨厌的样子。爱德蒙说他真希望他们能同苏珊一道去美国。这时露茜往船尾窗外一望说：

“喂！我相信大雨真停了。可那是什么呀?”

所有人都跌跌撞撞登上船尾楼，发现雨已经停了，值班的德里尼安也正使劲盯着看船尾外的什么东西。说得准确些是好几样东西。那些东西看上去有点像光滑的圆形石块，每块中间相隔大约四十英尺，排成整齐的一长列。

“可那些不可能是石块，”德里尼安说，“因为五分钟前还没有那些东西呢。”

“有一块刚才不见了。”露茜说。

“是啊，又有一块冒出来了。”爱德蒙说。

“还在朝我们靠近呢。”尤斯塔斯说。

“真见鬼！”凯斯宾说，“整个东西都在朝我们这边移动。”

“而且还比我们的船快多了，陛下，”德里尼安说，“立刻就要追上我们啦。”

他们都屏住呼吸，因为不论是在陆地上，还是在海上，受到陌生的东西追逐可一点儿也不妙。哪知那东西一露头竟比任何人预想的都要可怕。猛然间，离他们左舷只有一个投球的距离处，一个可怕的脑袋从海面上冒了出来。脑袋上除了寄生着贝壳类动物的地方外，尽是一片碧绿和朱红，上面还长着紫红色的疙瘩——外形与马十分相像，只是没有耳朵。眼睛很大，这样的眼睛生来就是透视海洋深处的。还有一张咧开的大嘴，里边排列着两排尖利的牙齿。这脑袋长在一个他们乍看以为是巨大的脖子一样的东西之上，但随着它不断浮出水面，人们才明白这不是脖子，而是身子。最后人们总算看见了许多人傻乎乎地想要见识的——大海蛇。老远就可以看到它巨大的尾巴上的皱褶，不时浮出水面。此刻它正昂起脑袋，高耸在桅杆上方。

人人都冲过去拿起武器，可是这无济于事，因为这怪物实在太高了。“放箭！放箭！”主弓箭手高声呼叫。有几个人听命射出了箭，可是箭却从海蛇皮上擦身而过，好像蛇皮是铁板似的。这时，大家都一动不动，抬头盯着海蛇的眼睛和嘴巴，提心吊胆了好一会儿，不知它会从哪边扑过来。

不过它竟然没有扑过来。它把脑袋沿着桅杆向前伸展探过船身。此时它的脑袋已在桅顶瞭望台旁边了。可它还在不断伸长，一直伸到右舷的舷墙上。接下来又开始把脑袋往下伸——不是伸向挤满人的甲板，而是伸到海水里，这样一来，整条船就在蛇身的弧圈里了。这个弧圈差不多瞬息间就变小了，其实右舷边的海蛇身子这时几乎触碰到船侧。

尤斯塔斯一直都想好好表现一番，后来天下起雨，他同别人开始下棋，这就又退步了。可这时他居然做出平生从未做过的第一件壮举。他随身佩带从凯斯宾那里借来的一把剑，就在蛇身快靠近右舷侧边时，他跳上舷墙猛扑过去，使尽全力向海蛇猛刺过去。当然，他除了将凯斯宾第二把好剑断成碎片外，其他一无所成，可对一个初学者来说，那倒是件了不得的事了。

要不是那时雷佩契普高声喊道："别打！推！"其他人早就和他一起动手了。即使到了这个紧要关头，老鼠还居然劝大家别打，这可是不同寻常，因此大家都把眼光投向了老鼠身上。当它跳扑上舷墙，挡在海蛇面前，用它毛茸茸的细小身子抵住海蛇长满鳞甲、黏滑似胶的巨大身子，拼命往外推，好多人这才明白它的用意，火速冲到船舷两侧，照着样子往外推。过了一会儿，海蛇的脑袋又出现了，这回是在左舷，而且是背对着他们，于是所有的人都明白了。

这怪物竟然把身子绕成个圈子，套着黎明踏浪号，并开始把圈套收紧。如果等到这个圈套收得相当紧时，劈啪一声，原来的大船就会变成片片漂浮的碎木，它就可以在水里把他们一一收拾掉。他们唯一的机会就是将这个圈套往船后推，使那怪物滑过船尾，要不就照样把圈套向另一个方向推，让船身前进，使船身从圈套中脱出。

雷佩契普势单力薄，当然难以成功，这简直无异于它想举起一座大教堂。等到别人把它推到一旁时，它已经用尽全力，奄奄一息。不一会儿，除了露茜和昏厥的老鼠，整条船的人沿两边船舷排成两排，每个人都前胸贴后背，这样整个队伍的重量就落到了最后一个人身上，大家奋力地推。推了几秒钟，他们便恶心难受得像是过了好几个小时，但似乎什么也没发生。大家的关节像是散了架，汗水往下掉，咕哝咕哝，大喘粗气。这时，他们觉得船在动了。他们看见蛇圈离桅杆比之前更远了，可是他们也看到蛇圈比起先前收得更小了，这时真正的危险才来临。他们能将船尾楼从蛇圈中推出吗？这圈会不会太紧了？是的，这圈正好套在船尾的栏杆上。十多个人跳到船尾楼上去。这样好多了。海蛇的身子现在很低，他们可以在船尾楼上排成一行，并排在一起来推。大家一时希望大增，可是大家又忽然想起黎明踏浪号高耸的雕花船尾上的那个龙尾。船尾那么高，要把蛇身从那里推出去是绝对不可能的了。

“去拿把斧头来。”凯斯宾嘶哑地喊道，“继续用力推。”露茜知道所有的东西放在哪儿，听到凯斯宾说这话时，她正站在主甲板上望着船尾。她随即走下船舱，取上斧头，急忙奔向梯子，赶往船尾楼。可是就在她跑到顶上时，便听见咔嚓一声巨响，就像是砍下大树时的巨大声响，船摇晃了起来，向前冲了出去。就在那一刻，不管是海蛇被推得猛烈也好，或是它愚蠢地决定抽紧圈套也好，整个船的雕花船尾折断了，船也脱险了。

其他人都精疲力竭，顾不上去看露茜看到的情景。船尾后离他们几码远的地方，海蛇身子的圈套瞬间越来越小，渐渐消失成片片浪花。露茜总在说(当然那一刻她是太激动了，这也许只是她自己的想象罢了)她看到那怪物的脸上露出一种白痴般满意的脸色。可以确定的一点是，这海蛇非常愚蠢，因为它不去追赶船，而是转过头去沿着自己身子上下地嗅，仿佛期待在那里能找到黎明踏浪号的残骸似的。可是此刻黎明踏浪号已经成功脱身，乘着一阵轻风，大伙一个个要么躺在甲板上，要么坐在甲板上，喘气的，呻吟的，一时充满整个甲板。直到过了好一会儿，大家才缓过神来开口谈论这事，取笑这事。后来，上了些朗姆酒，他们竟举杯欢呼起来了。大家都在夸赞尤斯塔斯(虽然没什么用)和雷佩契普的英勇。

这之后，他们又航行了三天，只见大海和天空。第四天，风变成了北风，海水水面开始升高了。到下午时，这股风几乎变成了狂风。可就在这时，他们看见了船艄左舷方向有块陆地。

“陛下，请您恩准，”德里尼安说，“我们把船划过去，在港口停靠，在那儿避下风，等待这阵风过去吧。”凯斯宾准了，但由于是冒着狂风划桨，直到晚上他们才到达陆地。乘着当天最后一缕光线，他们驶进了一个天然港，在那里抛了锚，可当晚谁都没有上岸。第二天一早，他们发现已来到了一个绿色的港湾，这港湾崎岖不平，偏僻孤寂，沿着斜坡一直绵延至一个堆满岩石的顶峰。那顶峰背后，随着一阵北风，乌云滚滚而来。他们放下小船，装上已经喝空了的水桶。

“我们用哪条河的水加水啊，德里尼安?”凯斯宾问，他坐在船尾的坐板上。“似乎有两条河流进海湾。”

“这两条河区别不大，陛下。”德里尼安说，“不过，我想划到右舷那边——东边的那条，要近些。”

“要下雨啦。”露茜说。

“我想已经下雨了!”爱德蒙说，因为雨滴已经如瓢泼下来了，“我说，我们去另一条河吧。那边有树，我们可以有地方避避雨。”

“就是，我们去吧。”尤斯塔斯说，“这样被淋湿可没意思。”

可是德里尼安仍去将船稳稳地朝船的右舷方向开，就像是车里那个讨厌的驾车的家伙，你明明告诉他说走错路了，可他还是以每小时四十英里的速度将车继续往前开。

“他们是对的，德里尼安。”凯斯宾说，“你为何不掉头，去西边那条河打水?”

“只要陛下您高兴。”德里尼安有点不高兴地说。他昨天为天气焦虑了一天，他不喜欢未出过海的人对他指指点点。不过他还是改变了航道。后来事实证明，他是做了件好事。

他们打好水，等雨停了之后，凯斯宾带上尤斯塔斯、佩文西兄妹还有雷佩契普，决定走到山顶去看看能发现些什么。踏着满地的杂草和石楠，爬上这山可真不容易啊。这里既看不见人，也看不见野兽，只见海鸥。爬上山顶后，他们发现这只是个小岛，方圆不过二十英亩。从这个高度看去，比从黎明踏浪号甲板上或是从桅顶瞭望楼上看去，海面显得更广阔、更荒凉。

“这是在发疯，你心里明白的。”尤斯塔斯看着东边的地平线，和露茜低声说道，“不停地航行啊航行，却不知道我们会到达何处。”这样说不过是他的习惯而已，并没有他以前说话的那种恶意。

山脊上太冷，不能久待，因为风仍然一阵一阵地从北方刮来。

“我们不从原路返回。”他们转身时，露茜说道，“我们往前走一点点，从另一条河下去，就是德里尼安原本想要去的那条河。”

大家都同意这个提议。大约十五分钟后，他们来到第二条河的源头。这地方比他们想象的更加有趣：一条深深的山中小泉，四周悬崖环绕，朝向大海的地方泉水从一条狭窄的水道流出。他们在这里终于可以背风，全都坐在悬崖上的石楠丛里休息。

全都坐下了，可有个人（是爱德蒙）马上跳了起来。

“这岛上原来尽是尖石头。”他在石楠丛里摸索着说。“那讨厌的尖石头在哪？……哦，我找到它了……喂！这根本不是石头，是一把剑柄。不，天啊，是一整把剑，上面生了层锈。它一定掉在这儿好些年了。”

“看上去，也是纳尼亚的剑。”凯斯宾说，大家都围上去看。

“我也坐在什么东西上面了，”露茜说，“一个硬硬的东西。”结果是一副铠甲的残片。这时大伙都四肢着地伏在地上，在浓密的石楠丛里四处摸寻。他们先后搜出了一副头盔、一把匕首、几枚硬币，那硬币不是卡乐门王国的月牙币，而是真正的纳尼亚“狮子”和“树”，在海狸大坝和贝鲁那镇的市场上随处都可以见到这些硬币。

“看起来这可能是七个爵爷中的某一位留下的物品了。”爱德蒙说。

“我也正这样想。”凯斯宾说，“我在想是哪位爵爷的。从他的匕首上也看不出什么。我还在想他是怎么死去的。”

“我们该怎样为他报仇呢?”雷佩契普说。

爱德蒙也同时在思索，他是这个团队中唯一一个读了些侦探小说的人。

“看这儿,”他说，“这件事真有些蹊跷。他不可能是在打斗中被杀死的。”

“为什么不是呢?”凯斯宾问。

“没有留下骨头,”爱德蒙说，“一个敌人可能会拿走盔甲而扔下尸体。可有谁听说过有哪个打了胜仗的家伙，搬走尸体却留下盔甲的?”

“也许是被野兽吃掉了。”露茜提示说。

“那得是一头聪明的野兽,”爱德蒙说，“会将人的盔甲脱去。”

“也许是龙?”凯斯宾说。

“不会。”尤斯塔斯说，“龙可做不到。这我知道。”

“好了，不管怎样，我们先离开这地方吧。”露茜说。爱德蒙提出尸骨的问题后，她就不想再坐下去了。

“好的，”凯斯宾起身说，“我想这些东西一件也不值得带走。”

他们下了山，绕着走到从湖中流出的那条溪流的一块空地上，停下来看着环绕四周悬崖的一潭深水。若是在夏天，定有人下去洗澡，大家也会喝上些水。事实上，尽管天不热，尤斯塔斯却弯腰下去想要用手舀些水上来喝，这时雷佩契普和露茜齐声叫了起来：“看！”于是他忘了喝水，往水里看去。

潭底是灰蓝色的大石块，潭水清澈见底，潭底躺着一个真人大小的，明显是金子做成的人像。它脸面朝下，双手高举过头顶。恰好在他们盯着看时，空中云开雾散，阳光洒下来。金像从头到脚被照得亮堂堂的。露茜觉得这是她有史以来所见过的最漂亮的一尊人像。

“好啊！”凯斯宾吹着口哨说，“那值得一瞧啊！不知道能不能将它打捞上来？”

“我们可以潜水去打捞，陛下。”雷佩契普说。

“一点用都没有。”爱德蒙说。“至少，如果它真是金的——纯金——它就太重了，捞不动。而那潭水也有十二或十五英尺深。不过，等一下。幸好我身上带有一根鱼叉。让我们试试这潭水有多深。凯斯宾，我将身子探出时，抓住我的手。”凯斯宾抓住他的手，爱德蒙将身子向前倾斜，开始把鱼叉放低插入水中。

鱼叉还没放到一半，露茜说：“我根本不相信人像是金的。那只是阳光反射罢了。你的鱼叉看起来也是金色的了。”

“怎么啦?”好几个声音一齐在问，因为爱德蒙突然放掉了手中的鱼叉。

“我拿不住啦，”爱德蒙喘着粗气说，“它好像很重。”

“鱼叉现在已经沉到潭底了。”凯斯宾说，“露茜说得对。它看起来与那尊人像的颜色一样。”

可是爱德蒙的靴子仿佛出了点问题——至少他现在正弯下腰盯着它们看——可是他突然间一下子挺直身子，尖声喊叫了起来，大家听了几乎不得不服从：

“退回去！从潭边往后退。所有人。立刻！”

他们全都朝后退去，然后盯着他看。

“瞧，”爱德蒙说，“瞧我的靴子尖。”

“它们看起来有点黄黄的。”尤斯塔斯说道。

“它们是金的，纯金。”爱德蒙插话说，“瞧瞧它们。来摸摸。皮子已经从上面扯开了。它们同铅一样的重。”

“阿斯兰保佑！”凯斯宾说，“你的意思不会是说——？”

“是的，就是。”爱德蒙说，“潭水可以将东西变成金子。潭水把鱼叉变成了金子，这就是为什么它变得那么重的原因。我的脚只是被水轻轻拍了一下(幸亏我没打赤脚)我的靴尖就给变成了金子。还有潭底那个可怜的家伙——现在，明白了吧。”

“这么说它根本就不是一尊雕像。”露茜低声说。

“不是。整个事情现在都清楚了。他在炎热的某一天来到这池边。他在悬崖上脱去了衣服——就是我们刚坐着歇脚的地方。衣物烂掉了或是被鸟叼走筑巢用了，盔甲还留在那里。之后，他跳入水中便——”

“别说了，”露茜说，“真是恐怖啊。”

“刚才我们真是死里逃生啊。”爱德蒙说。

“确实危险。”雷佩契普说，“无论是谁的手指，谁的脚，谁的胡须，或是谁的尾巴，随时都可能掉入水里。”

“既然是这样，”凯斯宾说，“我们不妨来试一下。”他弯下腰，折了一枝石楠，然后小心翼翼地跪在潭边，把它浸入潭水中。他浸入潭中的是石楠，取出的却是一个完美的纯金铸就的石楠模型，如铅一样重，一样软。

“拥有这个岛屿的国王，”凯斯宾慢条斯理地说，同时，他的脸此刻已变得通红，“将会成为世界上最富有的国王。我宣布这个岛屿永远属于纳尼亚。它将叫做金水岛。我还要求大家保密。这事对谁都不能说。德里尼安也不行——违令者以死处之，听见了吗？”

“你在同谁说话啊？”爱德蒙说。“我不是你的臣民。真要说，这事应该倒着说。我是纳尼亚王国古代四个君主中的一个，而你是效忠于我的哥哥至尊王的。”

“这么说来，是爱德蒙国王，对吗?”凯斯宾边说边将手按到剑柄上。

“哎呀，你们两个，都给我住口。”露茜说，“与你们男孩子一起最糟糕的就是这样的事情。你们都是如此趾高气扬、恃强凌弱的白痴——啊！——”她说着说着，便屏住了呼吸。在场的其他人也看到了她所看到的情景。

他们对面高高的山坡上灰蒙蒙的——因为石楠花还没有盛开，所以看上去灰蒙蒙的——那头人眼见过的最大的狮子正慢慢走过，悄无声息，也没有朝他们看，虽然事实上阳光被云彩遮住并没有照下来，但它全身闪着金光，像照耀在阳光下一样。后来露茜描述这情景说：“它的个头同大象一样。”可是另一次她只是说：“它的个头同一匹拉车的马一般大。”不过，个头大小倒是不重要。至于什么才是重要的，没有人敢问。他们都知道它是阿斯兰。

可是没有人看见它怎么走开，又去往何方了。他们面面相觑，如梦初醒。

“我们这是在谈论着什么？”凯斯宾说，“我刚才成了头大蠢驴吗？”

“陛下，”雷佩契普说，“这是一个被诅咒的地方。我们马上回到船上去吧。还有，如果我有殊荣为这个岛屿命名，我就会把它叫做死水岛。”

“我认为这个名字起得好，雷普。”凯斯宾说，“虽然我现在才想起来，我却不知道为什么。不过天气看起来稳定些了，我相信德里尼安也愿意起航了。我们有多少话想要同他说啊。”

可是，事实上他们并没对他说什么，因为前一小时的记忆全都变得模糊不清了。

几小时后，当黎明踏浪号再一次启航，而死水岛已经落到了地平线之下时，德里尼安对赖因斯说：“这几位王回到船上时，像着了魔法似的。在那个地方，他们发生了一些事情。我听说是他们以为已经找到了正在寻找的几位爵爷中一位的尸体。”

“这是真的吗，船长?”赖因斯回答说。“这样说来，已经找到三个了，只剩下四个了。照这个速度，过了新年我们就可以回家了。这也是件好事。我的烟草快抽完了。晚安，船长。”

第九章

声音岛

刮了好多天的西北风，眼下开始转成西风了。每天早晨太阳升出海面，黎明踏浪号的雕花船头就会昂然耸立横过太阳的正中。有人觉得太阳看上去比在纳尼亚看起来要大，可也有人不同意。他们就这样航行着，一路顺着轻风行进，风虽小但却稳定，既看不见鱼，又看不见海鸥，也不见船只和海岸。贮藏又开始减少，大家心里都冒出种想法，也许他们来到了一片永远也驶不出去的海域。谁知就在最后一天，他们认为还可以冒险继续东航的那一天，天刚破晓，就在他们和太阳升起的地方之间出现了一片云层似的低地。

下午三点左右，他们在一个宽阔的海湾里抛了锚，上了岸。这里跟他们去过的任何地方都不大一样。因为他们走过沙滩时，发现四周一片寂静空旷，仿佛是个没人居住的岛屿，可是在他们面前却有一片平坦的草地，上面的草又短又平，就像英国豪门宅第有十来个园丁打理的那样的草坪。当然还有好多树木，一棵棵都布局均匀，地上也不见断枝残叶。不时还有鸽子咕咕的叫声，但听不见别的声音。

一会儿工夫，他们来到一条又长又直的沙子铺的小路，路面上没有一棵野草，两边都栽着树。在这条小路远处的另一头，他们看见一座房子——长长的一排灰色房屋，在午后阳光下显得格外宁静。

几乎就在他们走上这条小路时，露茜感觉到她鞋里有颗小石子。在那样的陌生地方，她本该让别人等着她取出石子，这才是明智选择。可她却没有，只是悄然无声地落在后面，坐下来脱鞋。她的鞋带打了个死结。

她还没解开鞋带，别的人已经走得很远了。等她取出小石子，再穿上鞋，已经听不见他们的动静了。但几乎与此同时，她听到些别的响声，这可不是从房子那边传过来的。

她听到一阵敲击声。听上去像是十几个身强力壮的工人抡着大木槌用尽全力在捶打地面。声音很快就越来越近。她这时已经背靠一棵大树坐着，因为爬不上树去，她别无办法，只好一动不动地坐着，身子紧紧贴着树，但愿没人能看见她。

咚，咚，咚……不管这是什么声音，反正这会儿肯定很近了，因为她能感到地面在震动。可是她什么都看不见。她觉得那东西——或是那些东西——一定就在她身后。没料到咚的声响却是从她面前的小路上传来的。她不仅听到那一下响声，还看见路面沙土飞扬，就像受到了猛击似的，这就明白那东西在小路上。可她看不见是什么东西猛击地面。接下来，大约在离她二十英尺远的地方，所有的咚咚声全凑在一起，但突然又都停止了。紧接着传来了说话声。

这真让人感到害怕，因为她根本看不见任何人。这片整个像公园似的地方依然跟他们刚登陆时一样寂静空旷。尽管如此，离她几步远的地方却有一个声音在说话。说的是：

“兄弟们，我们的机会到了。”

顿时便有其他声音一齐回答说：“听哪，听哪，他说了，我们的机会到了。说得太好了，头儿。你说得对极了。”

“我的意思是，”开头那个声音继续说，“到岸边去，把他们拦下，不让他们上小船，大家都拿上武器。他们想要入海的话就抓住他们。”

“哎，这就对了，”其他声音一起喊道，“这么做太高明了，头儿。就这样干下去，谁还会有这么高明的主意。”

“加油吧，伙计们，使劲加油啊，”开头那个声音说，“我们快走吧。”

“对极了，头儿，”其他声音说，“这命令再好不过了。我们自己也正想说这话呢。我们走吧。”

咚咚声立刻又响起了——开头很响，很快就越来越弱，越来越弱，直到最后在靠海的那一边消失了。

露茜知道没工夫再这么坐着去猜想那些看不见的怪物会是些什么东西。那阵咚咚声刚一消失，她就立刻起身，沿着小路，撒开双腿，飞快地去追赶同伴。无论如何也得警告他们一下。

就在这事发生的那会儿，大家已走到那座房子跟前。这座房子并不高——只有两层——全用漂亮光滑的石块建成，房子上有不少窗户，常春藤半遮着墙壁。一切都显得那么宁静，因此尤斯塔斯说："我觉得房子是空的。"可是凯斯宾一声不响，指着从一个烟囱里冒出来的缕缕青烟。

他们看到大门敞开着，就穿过大门，走进一个铺着石板的院子。就在这里，他们察觉到了一种迹象，岛上一定有什么奇异的东西。院子当中有个水泵，水泵下面有个水桶。那倒也没什么希奇。希奇的是看上去尽管没人摇动水泵把手，但把手竟在上下摇动。

"这里有魔法在起作用。"凯斯宾说。

“机器!”尤斯塔斯说，“我确信我们终于到了一个文明国家。”

露茜此时满头大汗，上气不接下气地跟着冲进院子。她压低嗓门，尽力向他们讲述她无意听到的那些对话。等到他们听明白了几分，连最勇敢的人脸色都变了。

“看不见的敌人，”凯斯宾嘀嘀咕咕地说，“切断了我们回到船上的路。这下可不好办了。”

“你没弄清楚他们是哪类怪物吗，露?”爱德蒙问。

“爱德，我看不见他们，怎么会知道呢?”

“听他们的脚步声像是人类吗?”

“我没听到脚步声——只听到那种咚咚咚、砰砰砰的吓人声音——就像是木槌在捶打着什么。”

“我倒想知道，”雷佩契普说，“要是拿把剑刺进他们身子，他们会不会显出原形?”

“看来我们一定得弄个水落石出。”凯斯宾说，“不过我们还是先走出这大门吧。水泵旁有一个家伙把我们的话都听见了。”

他们出了大门，返回那条小路，路边的树可以让他们隐蔽。“想躲开你看不见的人，这根本没用。他们可能就在我们周围呢。”尤斯塔斯说。

“嗨，德里尼安，”凯斯宾说，“如果我们确定回不了小船，那就走到海湾的另一边，发信号叫黎明踏浪号开过来，接我们上船，你看怎么样？”

“水太浅了，陛下。”德里尼安说。

“可我们会游泳啊。”露茜说。

“三位君王，请听我说，”雷佩契普说，“谁想偷偷摸摸躲躲闪闪，避开看不见的敌人，那可是妄想啊。假如这些怪物故意挑衅我们打仗，他们准会赢。不管结果怎么样，与其让他们揪住尾巴，还不如与他们面对面交锋。”

“我真认为雷普这回说对了。”爱德蒙说。

“确实如此。”露茜说，“如果赖因斯和黎明踏浪号上的其他人员看见我们在岸上打仗，他们就可以采取行动。”

“但要是他们没看见任何敌人，就不会明白我们在打仗。”尤斯塔斯发愁地说，“他们还会以为我们在舞剑取乐呢。”

大家都心情不安地沉默不语。

“好了，”凯斯宾终于开口说话，“我们就奉陪到底。我们必须去面对他们。大家互相握握手——露茜，箭上弦——其他的人剑出鞘——做好准备。说不定他们愿意会谈。”

真奇怪，就在他们齐步前进回到海滩时，竟看见草地和参天大树一片宁静。他们到了海滩，只见小船还停在他们下船的地方，平整的沙滩上没有一个人。不止一个人怀疑露茜说给他们听的事只是出于想象。哪想还没走到沙地，就听到半空中有个声音说话了。

“别再往前走，爷们，别再往前走了。”那个声音说，“我们得先跟你们谈谈。我们这里有五十多人，手里都拿着武器。”

“听他的，听他的，”所有声音齐声说，“他是我们的头。他的话完全靠得住。他给你们说的可都是实话，真的。”

“我没看到这五十位勇士啊。”雷佩契普观察了一下说。

“不错，不错，”那位头儿的声音说，“你看不见我们。为什么呢？因为我们是隐身人。”

“说下去啊，头儿，说下去。”其他声音说，“你说得和书上写的完全一样。这个回答再好不过了。”

“安静点，雷普。”凯斯宾说，接着又大声说了一句，“既然你们是隐身人，那找我们干什么？我们干了什么事得罪你们了？”

“我们想让那位小姑娘帮我们做些事。”那个头儿的声音说。其他人解释说这话也正是他们自己想要说的。

“小姑娘！”雷佩契普说，“这位小姐可是女王呢。”

“我们没听说过什么女王。”那个头儿的声音说，(“我们没听说过，我们没听说过。”其他人也应声这么说。)“不过她能做我们想要做的事。”

“什么样的事啊?”露茜说。

“如果是什么对女王陛下荣誉或安全不利的事,”雷佩契普补了一句,“我们将誓死捍卫女王,而你们中好多人也会死在我们的剑下。”

“好吧,”头儿的声音说,“说来话长,要不我们都坐下吧。”

其他声音都一致热情拥戴这个建议,可是纳尼亚人仍然站着。

“好吧。”头儿的声音说,“事情是这样的,不知多少年以前,这个岛原本是一个魔法大师的地产。我们全是——或许不妨说,我们全是他的仆人。好吧,长话短说,我说的这个魔法师,他叫我们干我们不喜欢的事。为什么不喜欢呢?因为我们不愿干。唉,这一来,这个魔法师就大发雷霆。因为我应该对你们说他是这个岛的主子,他不喜欢别人惹他生气。你们要知道,他这人做事从来都是直截了当的。我说到哪儿了?啊,对了,说到这个魔法师,当时他上了楼,因为你们必须知道他把所有魔法玩意儿都放在楼上,我们都住在楼下。他上楼去，对我们念了魔咒。那是一种让人变丑的魔咒。依我看，你们看不见我们还真该谢天谢地，假如你们现在看见我们的样子，才不会相信我们在变丑以前长得什么模样呢。你们真的不会相信的。那我们该怎么办呢？好吧，我告诉你们我们做了什么。我们等到这个魔法师午饭后差不多睡着了，就壮着胆子偷偷上楼去找他的魔法书，看看有什么办法破解这个让人变丑的魔咒。可是我们全都浑身大汗，直打哆嗦，我决不骗你。不过，信不信由你，我们真真切切地没找到什么去除丑相的魔咒。时间过得很快，我们生怕这位老先生随时醒来——我一身臭汗，决不骗你——好吧，长话短说，不管我们做对了也好，做错了也好，最后我们找到一种隐身魔法。我们心想，与其这么一副丑相，不如隐身为妙。为什么呢？因为我们情愿这样。于是我的小姑娘，跟你们这位小姑娘年龄差不多，她没变丑之前是个可爱的孩子——虽然事到如今——啊，还是少说为妙吧。我的小姑娘念了咒语，因为一定得由个小姑娘，或者魔法师本人来念，你们明白我的意思吧，不然的话就不灵验。为什么不灵验呢？因为什么都变不了。于是我的小姑娘克莉普西念了咒语，我应当告诉你们，她念得太棒了。就这样我们都遂了心愿，变成隐身人了。决不骗你，大家彼此看不见脸倒真轻松了。不管怎样，开初是很轻松的。可是后来我们却对隐身感到相当厌烦。不过还有一件事，我们根本没料到这个魔法师，就是我先前跟你们说起的那个人，居然也变成了隐身人。我们从此再没见过他。所以我们不知道他是死了呢，还是走掉了，或者是不是就坐在楼上而我们却看不见他，也许已经下楼来了，在楼下当然也看不见他。我说的是真的，听动静根本一点也听不出来，因为他老是光着脚走来走去，走路像只大猫一样无声无息。我对诸位直说了吧，我们的神经根本受不了啦。”

以上就是头儿的声音讲述的事情经过，不过已经大大简化，因为我把其他声音说的话都略去了。实际上他说不上六七句话，其他人就少不了要插嘴，表示同意啊，催促他快点说下去啊。纳尼亚人听了真不耐烦，差点发疯。好不容易听完了，大家都不说话了。

“不过，”露茜终于开口说，“这一切跟我们有什么关系呢？我真闹不明白。”

“哎呀，上天保佑，我没把整个要点说漏了吧？”头儿的声音说。

“你漏了，你漏了，”其他声音非常起劲地嚷嚷着，“又想说清楚，又想说明白，那谁都难免会说漏的。继续说吧，头儿，继续说吧。”

“好吧，我倒不必把整个经过再讲一通。”头儿的声音开始说。

“不用，当然不用啊。”凯斯宾和爱德蒙说。

“好吧，那我就千句并一句好了。”头儿的声音说，“我们一直在等待外边来个漂亮小姑娘，已经等了好久好久了。小姐，就像你这样的姑娘——愿意上楼去找那本魔法书，找到破除隐身法的咒语，念一遍。我们都发过誓，只要碰到踏上本岛的第一批生人，决不放他们生还，除非他们替我们办到这件该办的大事。我意思是说，如果他们中有漂亮的小姑娘的话，要是没有，那就罢了。诸位，正因为如此，如果你们的小姑娘没能帮上这个忙，我们就要忍痛把你们都杀了。不妨可以说，这仅仅是交易而已，希望不是冒犯。”

“我没看见你们所有的武器，”雷佩契普说，“那些武器也是看不见的吗？”话音未落，大家就听见“嗖”的一声，转眼工夫就见一支长矛刺进他们身后的一棵树上，还在颤动。

“看见没有，那是支长矛。”头儿的声音说。

“看见了，头儿，看见了，”其他声音说，“你说得太对了。”

“这支长矛是从我手里扔出去的。”头儿的声音继续说，“我一扔出去，你们就看见了。”

“可你们为什么要我做这事呢？”露茜问，“为什么不能让你们自己的人去干？你们一个姑娘都没有吗？”

“我们不干，我们才不干呢。”那些声音齐声说，“我们再也不会上楼去了。”

“换句话说，”凯斯宾说，“你们要这位小姐去面对危险，可你们却不敢要求自己的姐妹女儿去面对这危险。”

“说得对，说得对，”众声一齐欢呼说，“你说得太对了。啊，真不愧受过教育。谁都看得出来。”

“哼，再也没有比这更无耻的了……”爱德蒙开口说，可是露茜打断了他。

“我是晚上到楼上去呢，还是白天上去？”

“喔，当然是白天，白天，”头儿的声音说，“不是晚上。没人叫你晚上去，黑咕隆咚上楼？呃？”

“那好吧，我来干。”露茜说，“不，”她转过身对其他几个说，“别来阻拦我。难道你们不明白这没用吗？他们有几十个人。我们不能跟他们硬拼。这说不定是条生路。”

“可关键是那个魔法师！”凯斯宾说。

“我知道。”露茜说，“或许他不像他们说的那么坏。难道你们没觉得这帮人并不是十分勇敢吗？”

“他们肯定不是很聪明。”尤斯塔斯说。

“听我说，露。”爱德蒙说，“我们真的不能让你干这样的事。问问雷佩，我相信它也会这样说的。”

“可是只有这样才能救你们的命，也才能救我自己的命。”露茜说，“我跟大家一样，不愿被看不见的刀剑剁成碎块。”

“女王陛下说得对。”雷佩契普说，“要是作战能够救她，哪怕胜算很小，我们都责无旁贷。依我看来，我们一点把握都没有。而他们要求女王陛下办的事根本也不违背女王的尊严，倒是一个高尚英勇的行为。如果女王好心，愿意冒险去见魔法师，我就不反对了。”

大家都知道雷佩契普历来没怕过什么，说这话它一点都不感到难堪，可是这些经常前怕狼后怕虎的小伙子却一下满脸通红。但是一切明摆着，他们也就只好让步了。隐身人听到宣布了这样的决定，顿时大声欢呼起来，头儿邀请纳尼亚人共进晚餐，好好玩上一夜，其他声音也一致热烈拥护。尤斯塔斯不愿接受，可是露茜说：“我断定他们不是阴险的坏人。他们根本就不像坏人。”其他人听了也都同意。就这样，他们在一大片咚咚声的陪同下，回到那所房子里去。当他们走进铺着石板、充满回声的院子时，这种声音更响了。

第十章

魔法书

隐身人隆重宴请他们的客人。只见大盘小盘送到桌上，却又看不到端盘子的人，这倒十分有趣。即使只见大盘小盘沿地面一路平稳移动也就够有趣的了，正如你所想象的那样，隐形手搬运东西也就是这模样。可他们偏偏不是这样。这些餐盘连蹦带跳，一路沿着长长的餐厅行进。一只餐盘一跳竟高达十五英尺，突然又在离地三英尺的地方停下。要是餐盘里盛着汤水或炖菜什么的，那结果就够惨了。

“我对这些人倒感到好奇起来，”尤斯塔斯跟爱德蒙悄悄说，“你看他们到底是不是人？我说倒更像大蚂蚱或大青蛙呢。”

“看起来倒很像。”爱德蒙说，“可别让露茜想起什么蚂蚱。她可不太喜欢昆虫，尤其是大昆虫。”

假如这顿饭不是弄得乱七八糟，而且话题不总是那么意见一致的话，兴许还会更尽兴些。隐身人对什么事情都表示同意。他们说的多半是那种让人难以不同意的话题：“我总是说，人饿了就喜欢找点吃的。”或者“天黑了，一到晚上天总要黑”。甚至还有“啊呀，你们是漂洋过海来的啊，海是非常非常湿的吧”。露茜在座位上正好看得见楼梯脚下那黑洞洞的楼梯口，不禁朝那里望了一眼，心里很想知道明天早晨走上楼梯后会发现什么。不过从其他方面来看这顿饭还不错，有蘑菇汤、煮熟的鸡、煮熟的热火腿、醋栗、红葡萄干、奶酪、奶油、牛奶和蜂蜜酒。其他人都喜欢蜂蜜酒，不过饭后尤斯塔斯后悔自己有点醉了。

第二天早上露茜一觉醒来，心情就像是那天要去考试或要上牙医那里去一样。清晨阳光明媚，蜜蜂嗡嗡叫，从开着的窗户飞出飞进，窗外的草地看上去很像英国什么地方。她起身穿衣梳妆，早餐时尽量和平常一样边吃边说话。吃完早餐，头儿的声音吩咐她上楼后该怎么做，接着她就同其他人告别，一言不发，径自走到楼梯处，头也不回就直接上楼。

幸好那天光线明亮，这不，第一段楼梯头上就有一扇窗笔直对着她。她在那段楼梯上走着，一直听见下面大厅里那台落地大摆钟滴答滴答走着。待她走上楼梯拐角平台，往左拐到第二段楼梯，之后就再也听不见钟声了。

这时露茜来到了楼上，望了望，只见一条又长又宽的走廊，走廊尽头处有扇大窗子。这条走廊显然跟整幢房子一样长。走廊上装饰着雕花和镶嵌木板，地上铺着地毯，两旁有好多扇门都开着。她站着一动也不动，听不见老鼠吱吱叫，听不见苍蝇嗡嗡响，也听不见窗帘随风飘动的声响，什么都听不见——只听得到自己怦怦的心跳声。

“左边最后一个门。”她自言自语地说。要走到最后一个门还真有点难，必须得走过一间间屋子。魔法师有可能在任何一间屋子里——要么睡着了，要么醒着，要么隐身，甚至可能死了。不过心里光想这些可不行。她开始她的艰难之行。地毯很厚，她的脚踩上去无声无息。

“还没发现什么让人害怕的事情。”露茜暗自说道。这条走廊的确安静，一片阳光，也许就是太安静了。那些门上要是没有漆着猩红的古怪符号也许会更好些——这些符号歪歪扭扭，错综复杂，显然也没有什么含义，或许也不具有什么很好的意义吧。墙上要是没挂着那些面具就更好了。倒不是说那些面具丑陋不堪——或者说不是很丑——而是面具上一个个空洞的眼窝看上去个个非常古怪，如果你由着自己去瞎想，立刻就会想到自己只要一转身，面具就会动手呢。

差不多走过第六扇门后，她才真正被吓了一跳。一瞬间她几乎确定有一张长着胡子、邪气顽皮的小脸冲出墙壁，对她做了个鬼脸。她勉强让自己站住去观望鬼脸。原来这根本不是一张脸，而是一面小镜子，大小形状正好跟她的脸一样，镜子上边有头发，下端挂着一把胡子，所以只要朝镜子里一看，你的脸就正好配上头发和胡子，看上去像长在你头上似的。“我只是走过时眼角一扫，却看到了自己的影子。”露茜对自己说，“原来是这样，这倒一点不碍事。”不过她并不喜欢自己的脸长着那种头发和胡子，就接着往前走。（因为我不是魔法师，所以不知道长胡子的镜子会有什么用处。）

露茜还没走到左面最后一扇门，心里开始泛起了嘀咕，她踏上这条走廊之后，是不是走廊变得更长了呢？这到底是不是房子里魔法的一部分呢？可是她终究还是走到了。门开着。

这个房间很大，有三扇大窗，一排排书从地板上一直堆到天花板。露茜从来没见过这么多书，有的书小巧玲珑，有的书笨重厚实，有的书比你在教堂里所见到的任何一本《圣经》都要厚大，全是皮面精装的，透着陈旧的书卷气，也透着魔法的味儿。不过她来前已经得到提示，她明白自己不用为哪一本书操心。因为那本书，那本魔法书，就放在房间正中一张书桌上。她清楚自己只得站着看书了(反正也没有椅子)，而且她看书时得背对着门站着，于是她马上转身去关门。

可门却关不上。

有人或许不赞成露茜这么做，可我认为她做得很对。她说能关上门就不用担心了，你要是站在这种地方，背直对着洞开的门，心里肯定不舒服。换成我也一定会有这种感觉。可是又没有什么别的法子。

让她大伤脑筋的一件事是书这么大。头儿没能告诉她现形的咒语在魔法书上哪一段。他听到她问起这个问题时甚至还大为惊讶呢。他想让她从头看起，直到查到才罢休。显然他从没想过还有别的法子可以在书里查到这一段。“只是这样查下去兴许要花上我好几天，甚至好几个星期的工夫呢!”露茜看着那本厚厚的大书说，“而且我觉得仿佛已经在这地方待了好几个小时了。”

她走到书桌前，把手放在书上，手指一碰到书就不由震颤一下，仿佛书中有电似的。她试图把书打开，可是起初硬是打不开，不过这只是因为有两个铅扣子把书给夹住了。等她解开扣子，就一下子打开了书。这是本多么奇特的书啊！

这是手抄本，而不是印刷本，字迹清晰，笔法匀称，向下捺的笔划粗，向上挑的笔划细，字体很大，看起来比印刷体更舒服。整本书太漂亮了，露茜盯着看了整整一分钟，忘了去查读咒语。纸张又脆又滑，有股好闻的书香味儿，在空白处和每段咒语开头的大写字母周围，还配有插图。

这本书没有扉页，也没有书名，开门见山就是咒语，开头几条无关紧要。有治疗疣子的土法(在月光下用银盆洗手)，有治牙痛的，有治抽筋的，还有一种捕捉蜂群的咒语。牙痛病人那幅插图画得栩栩如生，要是你对着画看得太久了，牙齿也会发痛呢。第四条咒语周围画着密密麻麻的金黄色蜜蜂，要是你对着画多看一会儿，就会觉得它们真的在飞舞。

露茜看了第一页就舍不得离开，等翻过一页，下页还是同样引人入胜。“可我必须往下翻。”她暗自说。她一气往下翻了三十页，要是她能将上面的那些内容记在心里，就可以学会怎样去找寻宝藏，怎样把忘掉的事物记住，怎样把想要忘掉的事物忘掉，怎样呼风，怎样唤雾，怎样求雪，怎样招来雨夹雪，还有怎样催人入眠，怎样赋予笨人以智慧。她看得越久，就感觉插图越奇妙，越逼真。

接下来她翻到一页，上面的插图光彩夺目，叫你几乎没法注意书上的文字。虽然几乎没法——可她还是注意到开头的一行字句这样写道：美貌超群绝伦灵方。露茜把脸蛋凑近书页紧紧盯着插图看，虽然刚才还觉得这些图画似乎挤成一团，模糊不清，可是她现在看起来却十分清楚了。第一幅画上是一个姑娘站在书桌前读着本大书。那姑娘穿得跟露茜完全一样。第二幅画上露茜(因为画中人就是露茜)站着，嘴巴张得大大的在吟唱或是诵读什么，脸上的表情相当可怕。第三幅画上那个美人正向她走来。只要想想这些画开头看上去是那么小，现在画中露茜看上去竟跟露茜真人一般大小了，这真让人摸不着头脑。两人对视了片刻，真露茜就移开了目光，因为她被画中露茜的美貌弄得眼花缭乱，毕竟她还能从那张美丽的脸蛋中看出跟她本人的相像之处。现在这些画面铺天盖地地向她蜂拥过来。她看见自己在卡乐门王国一次大比武中高踞宝座，世界各国的国王为她的美貌而拼个你死我活。后来，比武中的拼杀演变为真正的战争，由于各国国王、公爵和大贵族疯狂争夺她的青睐，竟使纳尼亚、阿钦兰、泰尔马、卡乐门、加尔马和特里宾西亚等各国都变得一片荒芜。接着画面一变，依然是绝色美人的露茜回到英国。原本一直是家里美人儿的苏珊从美国回来了。画中的苏珊真是活像苏珊本人，只是难看了些，一副生气的样子。苏珊妒忌露茜那副令人眼花缭乱的美貌，不过这一点儿也没关系，因为现在已经没人把苏珊放在心上了。

“我一定要念这条咒语。”露茜说，“我才不管呢，我一定要念。”但她心里有种强烈的感觉，她觉得自己不能念这条咒语。

谁知正当她回头再去看那条咒语开头的字句时，在她完全肯定先前没有画面的字里行间，却发现有只狮子，狮王阿斯兰的大脸正直直地盯着她。画面金光灿灿，狮王仿佛正走出画面，朝她迎面走来。事实上，事后她完全不敢十分肯定画上的狮子真的不曾有过一点活动。不管怎样，她非常清楚狮子脸上的表情。它正在咆哮，你都能看见它大半口牙了。她害怕得不得了，于是马上翻过这一页。

不一会儿她又翻到一条咒语，可以让你知道朋友对你的看法。其实这时露茜心里很想试试刚才那条咒语，那条可以使你变得美貌超群的咒语。所以她感到为了弥补刚才没念那条咒语的损失，倒真愿意念念这条。她很怕自己改变主意，就匆匆忙忙念了咒语(这些咒语我是决不会告诉你们的)。念完后她就等着看会有什么结果。

一看并没有什么情况发生，她就看起插图了。突然间，她看见自己最预料不到的一幕——一张插图画着一节火车上的三等车厢，里面坐着两个女学生。她一眼就认出她们，一个是玛乔丽·普雷斯顿，一个是安妮·费瑟斯通。不过现在这已经不仅是一幅画了。这幅画是活动的。她看得见电线杆从火车窗外飞驰而过。逐渐地，就像收音机“打开”了似的，她听得见她们正说着的话。

“这学期我能经常和你在一块吗？”安妮说，“或者你还是打算继续跟露茜·佩文西密交呢？”

“我不知道你说的密交是什么意思。”玛乔丽说。

“噢，你可知道的，”安妮说，“上学期你对她很痴心呢。”。

“不，我没有，”玛乔丽说，“我心里有数，不会这么做的。她倒还不是个坏孩子，但不到期末我就对她讨厌透了。”

“算了吧，无论哪个学期你都再不会有这样的机会了！”露茜大叫起来，“两面三刀的小畜生。”但听到自己这样大的嗓门，又立刻让她想起她是在对着一幅画说话，真正的玛乔丽远在另一个世界里呢。

“算了吧，”露茜自言自语地说，“我还真没有想到她是这样的人呢。上学期我替她做了各种各样的事情，别的姑娘几乎没人搭理她，我却对她不离不弃。这点她心里也是明白的。偏偏去找安妮·费瑟斯通！我真想知道我所有的朋友会不会都是这个样子？还有不少其他的图呢。不，我决不再看下去了。我决不看了，我决不看了。”——她费了好大劲儿才翻过这一页，在翻过这页之前，她掉下的一大滴愤怒的眼泪就溅在上面了。

在下一页她看到一条“提神法”的咒语。这一页插图虽少，却很美。露茜这才发现自己看的竟然不是咒语，倒更像是一篇故事。这篇故事有三页，她还没看到这一页末了，就完全忘了自己是在看书。她自己生活在这个故事当中，仿佛一切都是真的，而且所有的画面也是真的。当她翻到第三页，看到最后一行，她说：“这是我所读过的最可爱的故事，今后可再也读不到这么可爱的故事了。哎呀，我真希望我能一直读上十年。至少我还要再读一遍。”

可谁知这本书的一些魔法竟然这时开始奏效了。

你再也不能倒翻回去，只有右手一边的书页，也就是后边的书页才能翻过去，而左手一边的，也就是前面的书页就再也翻不过来了。

“哎呀，真倒霉！”露茜说，“我真想再看一遍呢。好吧，至少我一定得记住这些东西。我看看……写的是……是……天哪，前面的图文又全不见了。连最后一页也变成了空白。这是本非常古怪的书。我怎么能忘记呢？这个故事讲的是一只酒杯、一把宝剑、一棵树，还有一座青山，我就知道这么多。可我记不住，我该怎么办啊？”

她真是永远也记不起来了。从那天起，露茜心目中的好故事，指的就是能使她想起魔法书中忘掉了的故事的一个故事。

她再翻过去，这一页的图耀眼而炫目，使人几乎难以注意到上面的字。几乎难以——不过她还是注意到开头的字句：隐形事物现形法。她先从头到尾看一遍，把全部生字都认准，再大声念出来。一念她就立刻知道咒语起作用了，因为她一念出声，书页上部的大写字母就现出颜色来，空白处也开始显现出图画来。正像你把用隐显墨水写的字放在火上烤，字迹就渐渐出现一样，只是用的不是柠檬汁(最简易的隐显墨水)那种暗黑色，而是纯金的、碧蓝的和鲜红的颜色。这些画都很怪，图上那些人物的样子露茜可不大喜欢。于是她心里想："我不仅把咚咚咚的东西现了原形，而且说不准让一切东西都现形了。这个地方或许还有不少其他隐形的东西在闲逛，我还没想好见不见他们呢。"

就在那一刻，她听到身后传来一阵轻柔而沉重的脚步声，正沿着走廊过来，她当然记得他们跟她说过魔法师光着脚，像猫似的走路不出声的那种情景。回过头去看看清楚，这总比有什么东西偷偷摸到你背后要好些。露茜回过头去看了。

接着她脸上露出笑容，一时间(但她当然不知道)，她看上去几乎就同画中的露茜一样美丽，她高兴得轻轻叫了一声，伸出双臂，奔上前去。门口站着的原来就是所有至尊王中最至高无上的狮王阿斯兰本人。它是真实的，腰板结实，全身暖和，它让她亲吻，让她把脸埋在它闪闪发亮的狮鬃里。它身子里发出犹如地震般的低沉声音，露茜甚至大胆想象它是在发出咕噜声呢。

“喔，阿斯兰，”她说，“你能够来真是太好了。”

“我一直都在这儿啊。”它说，“只不过是你让我现了形罢了。”

“阿斯兰！”露茜有点责怪地说，“别取笑我了。好像我真有什么办法让你现形似的！”

“确实是这样啊，”阿斯兰说，“你以为我会违背自己的法则吗？”沉默一会儿后，它又说话了。

“孩子啊，”它说，“我觉得你刚才一直在偷听。”

“偷听？”

“你偷听了两个同学背后对你的议论。”

“噢，那个吗？我根本没觉得那是偷听啊，阿斯兰。那不是魔法吗？”

“用魔法暗中监视别人跟用任何其他办法监视是一回事。你错怪你的朋友了。她虽然性格软弱，可是她喜欢你。她害怕那个年龄大的姑娘，才说了违心的话呀。”

“我想我永远忘不了她说的那些话。”

“不，你可不能这样。”

“啊呀，”露茜说，“我把一切都弄糟了吗？你的意思是说，要是没有这么回事，我们原来会一直做朋友——一直做真正的好朋友——也许一生的朋友——可现在我们做不到了吧？”

“孩子啊，”阿斯兰说，“以前我没跟你讲清楚，没有谁能预先知道未来发生的事吗？”

“是啊，阿斯兰，你说过。”露西说，“对不起，可是请——”

“亲爱的宝贝，说下去。”

“我还能再读一遍那个故事吗？就是我记不起来的那一个。你愿意跟我讲讲那个故事吗，阿斯兰？唉，讲吧，讲吧，讲吧。”

“好，一定讲，我要对你讲好多好多年。可是现在，快来吧。我们该去与这屋子的主人见面了。”

第十一章

笨蛋瓜欢天喜地

露茜随着狮王出来，进入走廊，顿时看到迎面走来一位老人，赤着双脚，身着一件红袍。他白发上戴着一顶橡树叶编的花冠，胡须垂到腰带，拄着一根雕工奇妙的手杖。看到阿斯兰，他深深鞠躬说：

“欢迎阁下光临寒舍。”

“科里亚金，我把这么一批笨东西交给你去管理，你是不是觉得厌倦了？”

“不，”魔法师说，“他们虽然很笨，但心眼真的不坏。我对这批怪物倒慢慢喜欢起来了。我一直等待有一天可以靠智慧来管理他们，而不是靠这种粗暴的魔法，也许有的时候，我真有些不耐烦了。”

“到时候就好了，科里亚金。”阿斯兰说。

“是啊，到时候就好了，阁下。”他回答道，“你打算在他们面前出现吗?”

“不!”狮王说，带有几分咆哮，露茜心想这咆哮大概跟大笑是一回事吧，“我会把他们吓破胆的。就算等到许多星辰老了，住在岛上养老，你手下的人也还没成熟到那个程度呢。今天太阳落山前我还必须去看看小矮人杜鲁普金，他正坐在凯尔帕拉维尔的城堡里计算着他主人凯斯宾回家的日子呢。我会把你们的经历全告诉他的。露茜，别那么愁眉苦脸。我们不久就会再见面的。”

“请问，阿斯兰，”露茜说，“你说的不久是多久?”

“任何时候都可以算作不久。”阿斯兰说，瞬间它就变得无影无踪，只剩下露茜单独和魔法师在一起。

“它这就走了!”魔法师说，“你我都很失望。它一向都这样，你根本留不住它。它仿佛不像是头温驯的狮子。我那本书你觉得怎样?"

"书里有些地方确实很有趣。"露茜说,"你一直知道我在那儿吗?"

"噢,当然知道。开初让这批笨蛋变成隐身人的时候,我就知道你不久会来破除魔法,只是算不准是哪一天。今天早晨,我倒并没特意提防。你瞧,这个魔法把我也变成隐身人了,隐身以后弄得我老是打瞌睡。嗨——嗬——啊——瞧我又打呵欠了。你饿了吗?"

"啊,也许还真有点儿饿了。"露茜说,"我不知道现在是什么时候了。"

"走吧。"魔法师说,"对阿斯兰来说,随时都可以算作不久。而在我家,只要肚子饿了就算是一点钟。"

他带着她在走廊上走过一小段路后,打开了一扇门。一走进门,露茜就发现自己到了一间充满阳光和鲜花的房间。此时桌上空荡荡的,可那当然是一张魔桌,老魔法师念了一句咒语,桌布、银器、餐盘、酒杯和食物就全出现了。

“希望这些都是你喜欢吃的。”他说，“我想方设法给你弄来你吃得惯的家乡食物，而不是你最近吃到的那些东西。”

“太好了。”露茜说。可不是吗——一份滚烫的煎蛋卷、冷羊肉、绿豌豆，一份草莓冰淇淋和柠檬汽水佐餐饮料，随后还有一杯巧克力。但魔法师本人只喝点酒，吃点面包。他一点也不让人感觉惶恐不安，露茜很快就跟他像老朋友似的闲聊起来。

“这咒语什么时候起作用？”露茜问，“那些笨蛋是不是立刻就会现形？”

“是啊，他们这会儿就已经现形了。不过他们大概都还睡着，因为他们中午总要午休的。”

“既然他们都现了形，你打算让他们丢掉丑样吗？你要不要他们回到从前的模样？”

“这个嘛，倒是个相当微妙的问题。”魔法师说，“要知道，只有他们才以为自己以前长得很美。他们说他们给变丑了，可我并不这么看。好多人反而可以说变得比以前更好看了呢。”

“他们都非常自以为是吗?”

“他们就是这样。至少他们的头儿是这样，他把其他所有人都教成这个样子。他们一贯信奉他说的每一句话。”

“这点我们都看出来了。”露茜说。

“是啊——可以说，没有他的话我们日子会更好过些。当然，我可以把他变成别的东西，或者对他念一种咒语，使他们对他所说的每句话都不信。但我才不愿意这么做呢。还是让他们崇拜他吧，总比对谁都不崇拜好。”

“难道他们不崇拜你吗?”露茜问。

“哦，才不会崇拜我呢。”魔法师说，“他们不愿崇拜我。”

“你为什么把他们变丑——我意思是说，他们所谓的变丑?”

“说起来，是他们不愿意听从我的吩咐。他们的活儿就是打理打理花园，种种庄稼——不是他们所想像的是为我干，而是为他们自己。如果我不逼着他们干，他们就根本不愿干。打理花园当然少不了水。山上大约半英里外有股美丽的山泉，有条小溪从那股山泉里出来，一直流过花园。我只要他们从这条小溪里取水就行了，用不着他们一天两三回地提着水桶，辛辛苦苦爬到山泉那里去打水，然后筋疲力尽回来，且不说路上就洒掉了一半。可他们就是不明白，到最后他们还干脆拒绝不干了。”

“他们就真笨成那个样子吗？”露茜问。

魔法师叹了叹气：“说来你都不相信他们给我惹了多少麻烦。几个月前，饭前他们就去洗餐盘和刀子，他们说这样可以节约时间，免得饭后再洗。有一回他们在刨地，我瞧见他们在种煮熟的土豆，说是省得挖出来吃时再煮。有一天猫溜进了牛奶房，他们就出动二十个人把牛奶搬出来，竟没人想到把猫赶出来就得了。啊，我看你吃完了。我们去看看这些笨蛋现在的模样吧。”

他们走进另外一个房间，里面全是些叫人弄不明白的仪表器具，擦得铮亮——有测定天体位置的星盘、太阳系仪、测定速度的瞬时计、诗行计算表、诗律计算表、经纬仪等等——他们走到窗口，魔法师说：“看，这就是你想看的笨蛋。”

“我什么人都没看见啊。”露茜说，“那些蘑菇样的东西是什么？”

她指的是铺满整个草坪的那些东西。的确很像蘑菇，可是要大得多——蘑菇的柄杆约三英尺高，蘑菇伞的直径也有这么长。等她仔细一看，才看出蘑菇的柄和伞不是在当中连接，而是偏在一边，看上去极不对称。每根蘑菇柄根部都有个什么东西——小包袱似的——躺在草地上。其实，露茜越看这些东西越觉得不像蘑菇。正如她开头所想到的，伞部并不真是圆的，直面比横面要长，一头宽。有好多个呢，大约五十多个吧。

时钟敲了三下。

突然间出现了一件离奇透顶的事。每一只“蘑菇”猛然都颠倒过来了。连在根部的那个小包袱原来是蘑菇的脑袋和身子，柄杆原来是腿，但每个身子并不是长着两条腿。每个身子下面只长着一条粗腿，而且不像只有一条腿的人那样长在一边，腿下端是一只奇大无比的脚——一只粗脚趾的脚，脚趾稍稍翘起，看上去活像是一只小小的独木舟。她没一会儿就明白他们为什么看上去像蘑菇了。他们一直仰天平躺在地上，每个人都把那条独腿直挺挺朝天伸着，大脚正好在身子上面伸开。事后她才知道这是他们平常的休息方式，因为这只脚可以帮他们遮风雨挡太阳，独脚怪躺在自己脚下面几乎跟躺在帐篷里一样舒适。

“哎哟，真有趣，真有趣。”露茜放声大笑道，“是你让他们变成这样的吗？”

“是啊，是啊，我把这些笨蛋变成了独脚怪。”魔法师说，他也哈哈大笑，笑得眼泪在脸上直淌。“可是你看哪。”他又说。

这倒是值得一看。这些独脚小人当然不能像我们那样走啊跑啊。他们就像跳蚤或者青蛙一样跳来跳去。他们蹦得多带劲啊！好似每只大脚都是一大团弹簧。他们跳下来的声音也特别大，这种声音正是昨天弄得露茜莫名其妙的咚咚声。这会儿他们正在前后左右到处乱跳，彼此大喊大叫着：“嗨，伙计们！我们又现形了。”

“我们现形了。”一个头戴缀着流苏的红帽子的人说，显然他就是独脚怪的头儿，“我是说啊，你们这些伙计现形了，所以大家才彼此看得见啦。”

“啊，说得对，说得对，头儿，”其他人齐声喊道，“真说到点子上了。谁的头脑也比不上你清醒。你说得再明白不过了。”

“那小姑娘弄得魔法师那老头措手不及，她真行啊。”独脚怪头儿说，“这回我们可打败他了。”

“我们也正打算这么说呢。”大家齐声插话说，“你今天比以往强多了，头儿。说下去，说下去啊。”

“可他们胆敢这么说你吗？”露茜说，“他们昨天好像很怕你似的。难道他们不知道你可能听到他们的谈话吗？”

“这又是那些笨蛋的一件可笑的事情。”魔法师说，“他们一会儿把我说得好像能够统管一切，能够偷听一切，极其危险。过一会儿又以为他们用小孩都能看穿的雕虫小技就可以把我骗过——但愿他们得逞！”

“他们非得变回老样子不可吗？”露茜问，“哎呀，心里希望他们就这个样子该不会是不近人情吧。他们当真非常在乎吗？他们似乎相当快乐。我是说——瞧那蹦蹦跳跳的样子。他们以前是什么模样？”

“普通的小矮人呗，”他说，“比你们纳尼亚那种小矮人可差得多了。”

“把他们变回老模样可就太可惜了。”露茜说，“他们很好玩，又厚道。你看我要是跟他们说了这些话，会有什么影响吗？”

“如果你能让他们听进去——我相信会有影响的。”

“你愿意陪我去试试吗？”

“不，不，我不在场你会把事办得更好。”

“非常感谢你请我吃饭。”露茜一边说一边赶快转身离开。她跑下楼梯，那天早晨走上这条楼梯时还惶惶恐恐地呢，在楼下撞上爱德蒙，其他几个都在那儿跟他一起在等，露茜看见大家脸色焦急，明白自己已经把他们给忘了好久，不由得不安起来。

“没事啦，”她大声叫道，“什么事都没啦。魔法师是个好人。我还看见了它——阿斯兰。”

说完她像阵风似的，奔进花园里。花园里的地面让独脚怪跳得直震动，周围只听见他们一片叫喊声。他们一看见她，跳得更加厉害了，叫得也更加起劲了。

“她来啦，她来啦。”他们叫道，“让我们为小姑娘欢呼三声。啊呀！她完全瞒过了老魔法师，把他搞定了。”

“我们非常遗憾，”独脚怪头儿说，“没法让你们看到我们变丑前的模样，因为你不会相信这差别，那是事实，用不着否认我们现在真是丑极了，所以我们决不会欺骗你。”

“啊，确实如此，头儿，确实如此。”其他人附和道，一边像一堆玩具气球似的蹦得老高。“你说得真对，你说得真对。”

“可是我一点也不觉得你们丑，”露茜亮开嗓门喊着，好让大家都听见，“我觉得你们很好看。”

“她说得对，她说得对呀。”所有独脚怪齐声说，“小姐，你说得一点不错。我们很好看。你找不到更漂亮的人了。”他们说这话时毫无惊讶之意，好像并没注意到他们已经改变主意了。

“她说得正是。”独脚怪头儿说，“我们大家变丑以前是多么好看啊。”

“说得不错，头儿，说得不错。”其他人又齐声称赞道，“她是这么说的。我们都亲耳听到了。”

“我没那么说，”露茜大声喊着，“我是说你们现在看起来很漂亮。”

“她是那么说的，她是那么说的，”独脚怪头儿说，“说我们当时非常好看。”

“他们两个都说得对，他们两个都说得对。”独脚怪们说，“你们瞧，他们真是一唱一和，一直都说得正确。他们说得再好不过了。”

“可是我们两个说的话正好相反。”露茜急得跺着脚说。

“完全不假啊，她就是这意思，她就是这意思。”独脚怪们说，“一点不相反。你们两个都说下去吧。”

“你们真会缠，把人都逼疯了。”露茜说完就干脆不出声了。可是独脚怪们似乎已心满意足，于是她得出结论，这次谈话总体成功了。

那天晚上大家临睡前又发生了些事，使他们对自己的独脚现状更加满足了。凯斯宾和所有纳尼亚人尽快回到岸边，向赖因斯和黎明踏浪号上的其他人通报消息，当时他们都急坏了。不用说，那些独脚怪当然也跟着他们一起去了，一路上像足球似的蹦蹦跳跳，还互相高声一唱一和，这时尤斯塔斯说了句：“我真希望魔法师把他们变成无声人，而不是变成隐身人。”这话一说出口他马上就后悔了，因为这时他不得不向他们解释无声就是听不见声音，尽管他费了不少口舌，他还是一点也吃不准独脚怪是不是真听明白了，尤其使他恼火的是他们最后竟说："呃，他不能像我们的头儿那样想做什么就做什么。不过你会明白的，年轻人。老实听头儿的话吧。他会教你怎么把话说好。你看，他是个多会说话的人呀！"

当大家来到海滩边，雷佩契普想到一个绝妙的主意。它早已把自己的小筏子放进海里，还坐在里面亲自划桨，独脚怪看得很感兴趣。这时它在筏子里站起来说："尊贵而贤明的独脚先生，你们不需要小船。你们每个人有一只脚就足够了。只要尽量轻轻地在水面上跳，看看会怎么样。"

独脚怪头儿缩在后面，警告其他人说他们会发现水有很强的渗透力，可是一两个年轻人还是毫不犹豫地去试了试，紧接着其他几个也跟着效仿，最后所有人都下到水里去了。这一招果然奏效。独脚怪那只大脚完全可以当作一只天然的筏子或小船，雷佩契普还教他们劈枝砍木，做成粗糙的木桨，他们就在海湾一带，绕着黎明踏浪号划来划去，看上去活像一支小划子组成的船队，每条小划子的船尾都站着一个胖胖的小矮人。他们还举行比赛，大船上放下一瓶瓶酒给他们当奖品，水手们趴在船舷侧看他们，肚子都笑痛了。

那些笨蛋似乎对自己“独脚怪”的新名称还挺满意，虽然他们对这名称的含义似懂非懂，可他们似乎感觉这是个十分了不起的名称。“我们就该这样叫，”他们大吼大叫道，“独脚怪，怪独脚，脚怪独。我们对自己的称呼就在舌尖上。”可是转眼工夫他们就把这种叫法跟老叫法“笨蛋”弄混了，最后决定自己还是叫“笨蛋瓜”吧，这名称大概要叫上数百年吧。

那天晚上，所有纳尼亚客人都在楼上同魔法师共进晚餐，露茜注意到整个楼上大变样了，现在她不再感到害怕了。门上的神秘符号还是怪神秘的，可是现在看上去好像也变得善意亲切了，甚至这时看到长胡子的镜子也觉得并不吓人，而是滑稽有趣。席间，大家都靠着法力，尝到了他们最喜欢的食物和饮料。饭后，魔法师还使出一项非常实用且十分精彩的魔法。他在桌上铺了两张空白的羊皮纸，要求德里尼安向他讲述一下到目前为止他们的全部航程。德里尼安一边讲着，羊皮纸上一边就线条清晰地显示出他讲的所有细节，最后每张纸都成了一幅绝妙的东海洋地图，地图上标出了加尔马、特里宾西亚、七岛群岛、孤独群岛、龙岛、火烧岛、死水岛和笨蛋居住的地方，尺寸大小、方向位置都精确无误。这是那片海域第一次制成的地图，比此后那些没用魔法画的要精准得多。因为这两张地图上面标出的城镇和山脉虽然初看似乎跟普通地图一模一样，可是魔法师借给他们一个放大镜后，看出来就是真实场景的缩影，你能看见峡港那个城堡和奴隶市场，还有每一条街道，虽然很远，却很清晰，就跟用望远镜反着望出来的事物一样。唯一缺陷是大部分岛屿的海岸线都不完整，因为地图只是根据德里尼安亲眼看到的来标明。等到地图完成，魔法师自己留下一幅，把另一幅送给了凯斯宾，这幅地图至今仍然在凯尔帕拉维尔仪器馆挂着。不过对于再往东的海洋和陆地的情况魔法师也无法告知他们。他只是告诉他们，七年前有一艘纳尼亚船驶进过他的这片海域，船上有雷维廉、阿尔戈兹、马夫拉蒙、罗普等几位爵爷，所以他们推断他们看见的躺在死水里的金人定是雷斯蒂玛爵爷。

第二天魔法师用魔法修理好黎明踏浪号上被海蛇破坏的船尾，还给船上装满有用的礼物。下午两点启航时，大家非常友好地告别，所有的笨蛋瓜都划着桨跟着船到港口，一直欢呼雀跃，直到船上再也听不见他们的声音。

第十二章

黑暗岛

这次遇险之后，他们顺着轻风，向南和略为偏东的方向航行了十二天，这段时间大都晴朗，天气温暖，看不见鸟，也看不见鱼，只在右舷外远处出现过一次鲸在喷水。这段时间露茜和雷佩契普经常切磋棋艺。到了第十三天，爱德蒙在桅顶瞭望台上看到左舷船头海面上升起黑乎乎的一团，看上去像座大山。

他们改变航线，向那片陆地驶去，主要是靠划桨，因为风力不足，不能驶向东北。夜幕降临时，他们离那里还很远，足足划了一整夜。第二天早晨，天气晴朗，海面上风平浪静。那座黑乎乎的庞然大物就横亘在他们前面，虽然近得多了，看起来也大得多了，不过还是非常模糊，因此有些人还以为离得很远呢，另一些人则以为他们驶进一团迷雾中了。

那天早晨九点前后，突然一下子，他们驶得很近才看出那根本不是陆地，甚至也不是通常意义上所说的迷雾。而是漆黑一片。这种情形很难描述，但如果你能设想自己朝着一条铁路隧道的入口望进去——一条要么很长很长，要么弯弯曲曲，望不到远处尽头光线的隧道——那你就会明白是个什么样子了。你知道穿过隧道是怎样的情形。先是在几英尺外看见日光下的铁轨、枕木和碎石，然后就进入到一个幽暗的地方，再后来突然一下子，一切都在浑然一体的黑暗中无影无踪，当然根本就没有一个明显的分界线。在这里情况也恰好如此。在船头几英尺外，他们能看见碧绿色的海水不断高涨。再往前，只见海水灰蒙蒙的，像是傍晚过去时看上去的那样。可是再往远看，仿佛是来到既无月光又无星光的边缘地带，整个夜晚一片漆黑。

凯斯宾对水手长大声下令，要他们把船往后划，船上人员除了划桨的之外，都冲上前来，从船头处往外眺望。可是看来看去什么也没看见。他们身后是大海和太阳，前面是乌黑一团。

“我们要划进去吗？”凯斯宾终于问道。

“我建议还是别进去了。”德里尼安说。

“船长说得对。”好几个水手说。

“我基本同意他的建议。”爱德蒙说。

露茜和尤斯塔斯虽然没说话，不过在事情似乎就要做出决定的紧要时刻，他们心里都很高兴，谁料雷佩契普清晰的嗓音立刻打破了沉默。

“为什么不进去呢？”它说，“有谁愿意对我解释一下为什么吗？”

没人急于解释，所以雷佩契普又接着说下去：

“假如我是在和庄稼人或奴隶对话，”它说，“我就可能会认为提出这样的建议是出于懦弱。可是我希望今后纳尼亚决不要有人传说一行正值风华正茂的高贵的王室人员，却因为害怕黑暗而转身逃跑。”

“但是我们冒着风险艰难穿越那片黑暗又有什么用处呢？”德里尼安问。

“有什么用处？”雷佩契普说，“用处吗，船长？如果你所说的用处是指填饱我们的肚子或撑满我们的钱袋，我承认那就一点用处也没有。据我所知，我们扬帆远航并不是为着去寻找有用的东西，而是寻求荣誉和冒险。眼看就是一次前所未有的大冒险，如果我们往回走，那我们的荣誉就会因我们的怯懦而大受指责。”

好几个水手压低嗓门说着话，听上去像是说：“荣誉算个屁。”可是凯斯宾说：“啊呀，你真讨厌，雷佩契普。我真希望当初把你留在国内。好啦！如果你那样说的话，那我看我们就得往前走了。除非露茜不愿意去？”

露茜显然不是很情愿去，可是嘴里却大声说道：“我愿意去呀。”

“陛下至少需要下令点灯吧？”德里尼安说。

“那是肯定的。”凯斯宾说，“务必点上，船长。”

于是，船尾、船头、桅顶三处的灯都点亮了，德里尼安还下令在船的中部点上两个火把。这些灯火在阳光下看上去暗淡无光。于是除了几个在下面划桨的人之外，所有人员都奉命到甲板上去，全副武装，刀剑出鞘，坚守在战斗岗位上。露茜和两个弓箭手奉命登上桅顶瞭望台，弓拉满，箭上弦。水手赖尼夫在船头，手里拿着测绳准备探测水深。雷佩契普、爱德蒙、尤斯塔斯和凯斯宾都披甲挂胄，身上一片闪亮，他们站在一起。德里尼安掌着舵盘。

“好了，以阿斯兰的名义，前进吧！”凯斯宾喊道，“慢慢划桨，稳步前进。大家都别出声，注意听候命令。”

随着船员开始划桨，黎明踏浪号伴随着吱吱嘎嘎、咿咿呀呀的声音，缓缓前进。就在船开进黑暗的那一刻，露茜在桅顶瞭望台上看到了那瞬间出现的奇观。阳光虽还照着船尾，但船头已经看不见影儿了。她亲眼看着船头消失的。这会儿镀金船尾、碧蓝的大海和天空，还都在光天化日之下，但没一会儿就都消失了。刚才还几乎看不到的船尾灯，竟在此时成为船尾的唯一标记。她能看出灯前德里尼安弯着腰在掌舵的黑影。那两支火把在她下面的甲板上照出两块亮团，火光在刀剑和头盔上闪闪发光，往前看，船艏楼上也有一块地方亮着。除此之外，被恰好在她头部上方那盏桅顶灯照亮的瞭望台，似乎自成一个发亮的小天地，在沉寂的黑暗中游曳。这情景恰如在白天不该点灯的时候点灯一样，灯光看上去总是苍白可怕，极不自然，这些灯光正是这样。同时露茜还发现自己感觉很冷。

这次黑暗中的航程将持续多久谁也不清楚。除了桨架吱吱嘎嘎、桨板哗啦哗啦的声音，他们真是一点都觉察不出船在行进着。爱德蒙把头伸向船外探望，除了面前水面上灯光的倒影之外，其他什么也看不见。这倒影看上去似乎有点模糊，船头前进时激起的水花看上去凝重而细小，毫无生气。随着时间一分一分地过去，除了划桨的人以外，其余的人都冻得浑身哆嗦起来。

眼下没有人辨得清楚方向，忽然间，不知从哪儿传来一声喊叫，听上去不像是人类的声音，要不就是哪个家伙在这种恐惧之中吓破了胆，发出了这不像人类的惊恐声。

凯斯宾不顾嘴巴干涩，还在拼命想开口说话，这时只听见雷佩契普那尖厉的嗓音，在那片寂静中，声音听起来比平常更加响亮。

“谁在叫?”他尖声问，“假如你是敌人，我们可不怕你。假如你是朋友，你的仇敌就将领教我们的厉害。”

“救命啊，”那声音叫道，“救命！即使你们只不过是又做了一个梦，也请大发慈悲吧。让我上船。把我收下吧，哪怕你们把我打死也罢。可是，你们发发慈悲吧，千万不要把我一个人扔在这个可怕的鬼地方。”

“你在哪儿?”凯斯宾大声叫道，“上船吧，欢迎!”

又传来一声喊叫，不知这下是出于惊喜还是出于恐惧，但是他们知道有人正向他们游来。

“伙计们，站到船边把他拉上来。”凯斯宾说。

“遵命，陛下。”水手们说。几个人拿着缆绳，挤到左舷舷墙，一个人举着火把，身子远远探出舷侧外面。只见一张疯狂而苍白的脸从漆黑的水里冒了出来，经过一番攀爬和拉扯，十几只友好的手总算把这个陌生人拉上了船。

爱德蒙觉得自己从没见过长相如此狂乱的人。虽然他看上去并不是上了年纪，一头雪白的头发乱蓬蓬，一张瘦削的脸庞紧紧绷着，衣着嘛，只是一些湿淋淋的破布条挂在身上。不过更引人注意的是他的眼睛，睁得很大，似乎根本就没有眼皮，死死盯着，流露出因恐惧而产生的痛苦。他两脚一踏上甲板就说：

“飞啊！飞啊！连船带人快飞啊！划啊，划啊，拼命划啊，赶快离开这个倒霉的海岸。”

“镇静一下，”雷佩契普说，“告诉我们究竟有什么危险，我们从来不飞的。”

陌生人先前根本没注意老鼠在那儿，一听到老鼠的嗓音他就吓得心惊胆战。

“不管怎样，你们一定要从这里飞走，”他气喘吁吁说，“这里是梦成真的岛。”

“这个岛正是我多年一直在寻求的呀，”一个水手说。“我想要是我们在这里上岸，我就可以发现自己跟南茜结婚了。”

“我会发现汤姆又活了。”另一个说。

“笨蛋！”那人气得跺着脚说，“我正是听信了这一派胡言才到这个岛上来的，我真恨不得淹死，或者根本从未来过这个世界。你们听见我说的话吗？这里是梦——你们明白吗，是梦——成真的地方，成为现实的地方。不是白日梦，而是梦。”

大家沉默了半分钟，接着只听得盔甲一片丁丁当当，全体船员连滚带爬下了主舱口，急急忙忙拿起桨就划，就像从没划过桨似的。德里尼安把舵柄来了个大转弯，水手长使出航海史上空前快速的划法。因为就在那半分钟里，人人都想起了自己做过的梦——使自己吓得不能再入睡的梦——明白只要一踏上那片梦幻成真的地方就将有什么恶果。

只有雷佩契普丝毫没动。

“陛下，陛下，”它说，“你打算容忍这种造反，容忍这种胆小怯懦的行为吗？这是惊慌失措，是溃败而逃啊。”

“划啊，划啊，”凯斯宾大吼道，“拼命划啊。船头方向对吗，德里尼安？你想怎么说就怎么说吧，雷佩契普。有些事情是没有人能面对的。”

“那么说来，我幸运自己不是人啊。”雷佩契普僵硬地鞠了一躬说。

露茜在桅杆高处听到了这一切对话。顷刻间，一个她曾想竭尽全力忘记的一个梦，此时又栩栩如生浮现在眼前，就像刚从梦境中醒来一样。原来在他们身后，在那个岛上，黑暗中竟是那么回事！瞬间她想要下去，到甲板上跟爱德蒙和凯斯宾在一起。可有什么用处呢？假如梦能成真，等她走到他们面前，他们自己也可能变成某种可怕的怪物。她抓住瞭望台的栏杆，设法稳住身子。他们正使尽全力，倒划回原来的亮处。再过一小会儿就没事了。哎，只要现在平安无事就好了！

虽然划桨发出的声音很大，可是一切都打破不了包围着船身的那片沉寂。大家都知道最好是别去听，最好别在这种黑暗中竖起耳朵倾听任何动静。可是谁都情不自禁地听着。不一会儿大家就听到动静了，但每个人听见的都不一样。

“你听到那儿有种声音像……像把大剪刀在咔嚓咔嚓响吗?”尤斯塔斯问赖因斯。

“嘘!”赖因斯说，“我听见他们爬上船身舷侧了。”

“声音就像要停歇在桅杆上了。”凯斯宾说。

“嘿!”一个水手说，“开始敲锣了。我知道会有敲锣声的。”

凯斯宾尽力不去看别处，尤其是不回头看，径直朝船尾德里尼安那儿走去了。

“德里尼安，”他把嗓音压得很低说，“我们刚才进去时划了多长时间——我意思是划到救起那个陌生人的地方。”

“大概五分钟吧。”德里尼安悄声说，“问这个干吗？”

“因为从我们尽力出来起已经不止五分钟了。”

德里尼安掌舵那只手哆嗦了，一行冷汗从脸上淌下。船上其他人也都冒出了同样的念头。“我们出不去了，出不去了。”划桨的人悲叹道，“他把航线给我们领错了。我们尽在绕圈子呢。我们永远出不去了。”那陌生人本来一直蜷缩成一团躺在甲板上，现在坐起身，发出一阵恐怖的怪笑。

“永远出不去了！”他大声喊道，“一点不错。当然啦。我们永远出不去了。我多笨啊，竟然以为他们会那样轻易地让我走掉。不，不，我们永远出不去了。”

露茜把脑袋靠在瞭望台边上，悄声说：“阿斯兰啊，阿斯兰，如果你真的爱我们，就快快来救我们吧。”那片黑暗丝毫没有减少，可是她开始感到有一点儿——很小的一点儿——好转了。“毕竟我们还真没遇上什么事呢。”她暗自想道。

“看!”赖尼夫在船头那儿嘶哑地喊道。前面有一小点亮光，他们仔细看着，那一点光竟然发出一大束光来照在船身上。虽然并没改变周围一片漆黑的环境，可是整条船就像被探照灯照亮似的。凯斯宾眨了眨眼睛，朝四下仔细看了看，只见伙伴们脸上个个都带着狂热而专注的神情。大家都目不转睛地望着同一方向，每个人身后都出现了轮廓分明的影子。

露茜顺着光束望过去，很快她就发现光束里有什么东西。开初看上去像是个十字架，后来看上去像是架飞机，再后来看上去像是个风筝，最后翅膀呼呼地旋转，正飞到头顶上空，原来是只信天翁。信天翁绕着桅杆飞了三圈，接着在船头金龙的颈脊上歇了片刻。它发出一串有力的悦耳声音，好像在述说什么，可是没人听得懂。然后它张开双翅飞了起来，开始向前方慢慢飞翔，稍有一点偏向右舷。德里尼安对它的导航深信不疑，就跟着它驾驶。可是除了露茜，谁也不知道它绕着桅杆飞转时悄悄对她说过：“一定要勇敢，宝贝儿。”露茜坚信这是阿斯兰的声音，那一刻话音未落，就有一股美妙的香味飘散到她脸上。

不一会儿，前头那片黑暗就变成一片灰暗，这时他们几乎还不敢在心中重新点燃希望，但紧接着这条船就已经穿进阳光，重新回到了温暖的蓝色天地。几乎就在同时，人人都感到再没有什么可怕的东西，甚至感到从来没有害怕过什么。他们不断眨着眼睛，惊喜地望着眼前的一切。正如有的时候，你躺在床上看见阳光泻进窗户，听到窗下早班邮差和送奶人的欢笑声，这才醒悟到原来这只不过是个梦，这不是真的，但这种时刻真是美妙极了，为了体会到醒来的乐趣，做了噩梦也几乎非常值得。当他们冲出黑暗时，大家就都体验到了这一点。船身此刻呈现出的鲜艳明亮使他们大为惊讶，他们原来还以为黑暗会纠缠不休，在雪白、碧绿、金黄的船身上留下尘垢或残渣呢。大家一个个开始大笑起来。

露茜赶紧走下来，到了甲板上，只见大家都围着那个陌生人。好一会儿他高兴得说不出话来，只会眼望着大海和太阳，摸着舷墙和缆绳，仿佛要让自己确信他的确清醒着，泪水顺着脸颊滚了下来。

“谢谢你们，”他终于开口说话，“你们把我救出来了……可是我不愿谈那事。现在我向你们说说我自己是什么人吧。我是纳尼亚的一个泰尔马人，当年我还有地位的时候，人们叫我罗普爵爷。”

“我就是纳尼亚国王凯斯宾，”凯斯宾说，“我出海远航就是来找你和你的伙伴们，你们都是我父亲的朋友。”

罗普爵爷当即跪下，吻着国王的手。“陛下，”他说，“您是世上我最希望见到的人。请陛下开恩。”

“什么事啊？”凯斯宾问。

“千万别再把我带回到那里去。”他说。他指着船尾，大家都顺着望去，他们只见碧绿的大海和明亮的蓝天，黑暗岛与那片黑暗已经永远消失了。

“天哪！”罗普爵爷惊叫道，“你们已经把黑暗毁灭了！”

“我才不觉得是我们干的呢。”露茜说。

“陛下，”德里尼安说，“这会儿正是东南风。要不要我叫醒他们准备出发？出发后，所有闲杂人员都去睡觉。”

“好，”凯斯宾说，“让大家畅饮一顿。嗨嘀，我觉得自己能睡上一天一夜。”

于是整个下午大家欢欢喜喜，顺着风向东南方行驶。不过谁也没注意到那只信天翁是什么时候飞走的。

第十三章

三个沉睡人

海风虽没停过，却一天比一天小，到了最后，浪花不过是海面上荡起的涟漪而已，船一个小时接着一个小时悄然行驶着，仿佛行驶在湖面上一样。每夜他们都看见新的星辰升起在东方，在纳尼亚可没人见过这些星辰，正如露茜心里喜忧参半地思索着，也许根本就没有人用肉眼看到过吧。那些新星又大又亮，夜间天气暖和，他们多数人都睡在甲板上，有的聊到深更半夜，有的一直在船舷徘徊，观看船头行驶激起的光亮泡沫轻轻舞动。

一天傍晚，景色迷人，只见船后面的夕阳血红血红，晚霞满天，天空显得更加空旷，他们忽然发现右舷船头那边有陆地。陆地慢慢地向他们靠拢，他们身后的霞光照得这个新地方的所有岬角都像着了火似的。没一会儿他们就沿着海岸行驶了，这时它的西部岬角在他们船尾方向升起，岬角的一片黑色映衬着红彤彤的天空，轮廓分明，就像从硬纸板上剪出的一样，这下他们才看清这地方是什么样子。陆地上没有大山，只有许多不很陡的小山，山坡形如枕头。陆上飘来一股诱人的味道——露茜说是“一股清清淡淡的紫红色味道”，爱德蒙说这是胡说(赖因斯也这么想)，可是凯斯宾却说：“我明白你的意思。”

他们驶过好长一段路程，开过一个小岬又一个小岬，指望找到一个深水良港，可到最后只得在一个又宽又浅的海湾将就停下。虽然外边海面看上去风平浪静，但沙滩上还是有拍岸碎浪，因此他们无法将黎明踏浪号按照他们所想开到岸边，只好在离海滩很远处抛锚，再坐上小船，弄得全身湿透，最后跌跌撞撞地上了岸。罗普爵爷仍然留在黎明踏浪号上。他再也不希望看见什么岛屿了。他们留在岛上的时候，长长的碎浪拍岸的声音一直响在耳旁。

凯斯宾留下两人看守小船，自己带领其他人朝内陆走去，但没能走远，因为天太晚了，无法探测，而且天色很快就暗下了。不过也用不着走远去探险。滩头入口处那一片平地既看不见道路，也不见足迹，见不到任何人烟。脚下到处都是细软新嫩的草皮，还有一种低矮的丛生植物，爱德蒙和露茜认为是石楠。尤斯塔斯对植物学的确相当精通，他说不是石楠，大概说对了；但这些植物和石楠大体属于一类。

他们走到离岸不到一箭之遥的地方，德里尼安说："瞧，那是什么？"大家听了都停住脚步。

凯斯宾说："是大树吗？"。

"我想是塔吧。"尤斯塔斯说。

"可能是巨人吧。"爱德蒙压低嗓门说。

"要弄明白就得直接闯进去看一看。"雷佩契普拔出剑来，啪嗒啪嗒地走在众人前面。

"我想这是座废墟吧。"他们走得更近时，露茜说。到目前为止她的猜测可以说是最正确的了。他们眼前是一片宽阔的长方形空地，地面铺着光滑的石块，四下都是灰色的柱子，却没有屋顶。从这一端到那一端有一张长长的桌子，桌上铺着大红桌布，几乎拖到地面上。桌子两边有许多精雕细刻的石椅，座位上面放着丝绸垫子。桌上还摆了一桌从未见过的丰盛宴席，甚至连至尊王彼得在凯尔帕拉维尔执政时也未见过这么丰盛的宴席。宴席上有火鸡、鹅和孔雀，有野猪头、鹿肉片，有馅饼，一些形状像满帆的大船，一些像巨龙，还有一些像大象，有冰镇布丁，有鲜艳的龙虾、鲜亮的鲑鱼，有果仁、葡萄、菠萝，有桃子、石榴、蜜瓜和番茄，还有金酒壶、银酒壶和做工奇巧的玻璃酒杯。水果和美酒的香味朝他们扑面而来，整个情景像是在办喜庆的大事。

“真不得了!”露茜说。

他们越走越近，越走越近，大家悄然无声。

“可是客人们在哪儿呢?”尤斯塔斯问。

“我们可以算作是客人吧，阁下。”赖因斯说。

“瞧!”爱德蒙厉声喊道。此刻他们已经走在柱子之间，站在石板地上了。大家都朝爱德蒙所指的地方看去。原来椅子并不全是空座。在桌子首席和左右两边贵宾座位上有什么东西——说不准有三个呢。

“那些是什么?”露茜小声问，“看上去像三个坐在席上的海狸。”

“或者是个大鸟窠吧。”爱德蒙说。

“我看更像是个干草堆。”凯斯宾说。

雷佩契普奔上前去，跳到椅子上，再跳到桌上，顺着桌子跑过去，像个利索的舞蹈者穿行在镶珠嵌宝的酒杯和堆得像塔一般高的水果还有象牙盐瓶间。它最后跑到桌子尽头那堆灰乎乎的神秘东西旁边，东张西望，上碰下碰，随即叫道：

“我想，这些东西不会打架。”

这时大家走近一看，只见那三个座位上坐着的原来是三个人，可是不凑近看根本看不出是人。他们头发已经花白，长得遮住眼睛，几乎盖住整张脸，他们的胡须长得盖住桌子，沿着桌子攀缘，像荆棘盘绕篱笆似的盘绕着杯盘，缠到后来成了一大簇毛，蔓过桌沿，拖到地面。他们头上的发丝还披散到椅背上，把身子全遮住了。实际上，这三个人几乎浑身是毛发。

“死了吗？”凯斯宾说。

“我看没死，陛下。”雷佩契普说，用两只爪子撩开乱毛，举起他们其中一个人的一只手，“这只手是温热的，脉搏还在跳动。”

“这只手也是，还有这只。”德里尼安说。

“哎呀，他们只是睡着了吧。”尤斯塔斯说。

“可头发要长到这模样，那得睡多长时间啊。”爱德蒙说。

“这样睡肯定是魔法的效力。”露茜说，“我们踏上这个岛的那一刻，我就感到岛上充满魔力。哦！你们瞧，我们来到这里，兴许就是为破这魔法而来的吧？”

“我们可以试试。”凯斯宾一边说，一面试图将三个沉睡的人中离他最近的一个摇醒。过了一会儿，大家以为他能把他叫醒，因为那人使劲吸着气，咕哝着说："我再也不往东去了，准备划船回到纳尼亚去。"可是一说完几乎又立刻陷入沉睡之中，而且睡得比先前还要沉，就是说，他那个沉沉的脑袋朝桌面垂下了几英寸，任你用什么办法把他吵醒都不见效。第二个人也差不多一样。"我们可不是天生就得做牛做马。趁你有机会就快到东方去吧——到太阳后面的陆地上去。"说着就又睡着了。第三个人只说了一句："请把芥末递给我。"说完就又回到梦中了。

"准备划船到纳尼亚去，呃?"德里尼安说。

"是啊，"凯斯宾说，"你说得不错，德里尼安。我想，我们的探访该结束了。我们来瞧瞧他们的戒指吧。是的，这些就是他们的纹章。这位是雷维廉爵爷。这位是阿尔戈兹爵爷。这位是马夫拉蒙爵爷。"

"可我们叫不醒他们啊。"露茜说，"我们接下来该怎么办呢?"

"请各位陛下原谅，"赖因斯说，"我们何不趁你们讨论的时候先开始用餐呢？这样的美餐我们可不是能天天吃到的啊。"

“这可吃不得啊！”凯斯宾说。

“说得对，说得对，”几个水手说，“这里的魔力太多了。我们还是趁早回船为妙。”

“的确，”雷佩契普说，“这三位爵爷就是吃了这些饭菜才七年一觉不醒的。”

“为了保命，我才不愿碰这些酒菜呢。”德里尼安说。

“天很快就要黑了。”赖尼夫说。

“回到船上去吧，回到船上去吧。”其他人嘀咕说。

“我倒真的认为，”爱德蒙说，“他们说得对。我们明天再决定对这几个沉睡的人怎么办也不会迟。我们又不敢吃这些酒菜，待在这里过夜就没意思了。在这里到处都能闻到魔法和危险的味道。”

“考虑到船上全体人员，我完全赞同爱德蒙国王的意见，”雷佩契普说，“但我自己倒愿意在这桌上等到太阳升起。”

“那究竟为什么呢？”尤斯塔斯说。

"因为，"老鼠说，"这才是一次真正的大冒险，对我来说，任何危险都算不了什么，假如说回到纳尼亚去，心里明白是由于害怕而扔下一个谜没解开，那才不得了呢。"

"我留下来陪你，雷普。"爱德蒙说。

"我也留下陪你。"凯斯宾说。

"还有我。"露茜说。于是尤斯塔斯也主动提出留下。这对他来说可是非常勇敢的行为，因为他没登上黎明踏浪号之前，从来没在书上看到过这种事，甚至连听也没听到过，所以这对他来说比对其他人更难。

"恳求陛下——"德里尼安开口说。

"不，爵爷，"凯斯宾说，"你的岗位在船上，你已经工作了一天，而我们五个闲着没事。"他们花了不少口舌去争论这件事，最后还是凯斯宾说了算。暮色苍茫中，船员出发到海岸去，那五个留下守夜的人，也许除了雷佩契普外，谁都感到肚子空空冷冷的。

面对这危机四伏的桌子，他们踌躇了好长时间才挑选好座位坐下来。或许每个人都出于同样的原因，只是没人说出口而已。因为这的确是个相当令人不安的选择。要是谁整夜坐在三个浑身长着吓人长毛的怪物旁边，肯定受不了，这三个人即使不算死人，但按常理说，确实也不是活人。但另一方面呢，坐在那一头，天色越来越黑，就越是看不见他们，也不会知道他们是不是有所动静，也许到了半夜两点钟就一点也看不见他们了——不，不该去想这样的事。于是他们就绕着桌子走了一圈又一圈，嘴里还一边说："这儿怎么样？"一会儿说："要不还是坐得远一点儿吧。"一会儿又说："为什么不坐在这一边呢？"到最后终于决定坐在中间，不过离三个沉睡的人比离另一头更近些。这时大约十点钟，天几乎黑了。那些陌生的新星座在东方发光。如果这是豹子星座和船星座，或是在纳尼亚夜空看到过的星辰老朋友，露茜会更喜欢。

他们身上裹着航海外套，一动不动地坐在那里等待着。开头他们也几次想找话题聊聊，可是也聊不出个什么名堂。于是大家就那样坐着，耳边一直听得见海滩上碎浪拍岸的声音。

几个小时过去了，却仿佛像过了几个世纪一样，有一阵子他们都明白刚才已经打过一会儿盹，突然一下子又全都清醒了。那些星座的方向都跟刚才看见的大不相同了。天空还是一片漆黑，只有东方隐隐约约开始发白。他们虽然感到口干，而且身上已冻得僵硬，却始终没有人开口说话，因为奇迹终于在此时出现。

在他们前方不远处，柱子外低矮的小山处有个斜坡。这时坡上有扇门打开了，门口露出了亮光，一个人走了出来，背后的门又自动关上。那人手里拿着灯火，这灯火其实就是他们唯一能看清的东西。慢慢地，灯火越来越近，越来越近，最后就正好对着他们，放在桌子对面。这时他们才发现拿灯的是一位高个儿姑娘，身穿一件蓝色露臂长袍。她没戴帽子，一头金发披散在背后。他们看见她时心里就想，活到今天才知道美女是什么模样啊。

她刚才拿着的灯火是支插在银烛台上的长烛，这时她把烛台搁在桌上。如果上半夜海上刮过大风的话，估计这会儿早就停了，因为烛火笔直不动，就像是搁在一间紧闭窗户拉上窗帘的屋里似的。桌上的金银餐具在烛光下闪闪发亮。

这时露茜注意到桌子另一头放着一件东西，原先没引起她的注意。那是一把石刀，锋利如钢，看上去虽历经岁月，却仍是杀气腾腾的样子。

到现在还没人开口说过一句话。接着雷佩契普和凯斯宾一先一后站了起来，大家也都跟着站了起来，因为他们认为这高个儿姑娘是位贵妇人。

“远道来到阿斯兰餐桌的客人们，”那姑娘说，“你们为什么不吃不喝啊？”

“小姐，”凯斯宾说，“我们可不敢吃那些东西，因为我们认为我们的朋友就是吃了这些酒菜才中了魔法一觉不醒的。”

“他们根本没尝过这些东西。”她说。

“请问，”露茜说，“他们究竟怎么了？”

“七年前，”姑娘说，“他们乘船来到这儿，可是船帆都成了碎布条，船骨也快散架了。他们还带着几个水手。他们走到这张餐桌前，一个人说：‘这儿是个好地方。我们就解开帆篷，不再划桨，坐着在这里度过余生吧！’第二个人说：‘不，我们还是重新上船，开到纳尼亚去，开到西方去，说不定米诺兹死了呢。’但第三个人非常专横，他跳起来说：‘不，老天在上！我们是男子汉大丈夫，是泰尔马人，不是畜生。除了不断探险猎奇还能做什么？无论怎样我们都活不长了。让我们利用余生去探索太阳后面那个无人世界吧。’说着他们就争吵起来，他操起放在桌上的那把石刀，想跟伙伴打架。谁知那把刀他根本动不了。他手指刚攥住刀把，这三个人就都陷入沉睡。一直要睡到魔法解除才会醒来呢。”

“这把石刀是什么东西？”尤斯塔斯问。

“你们谁也不知道吗？”姑娘说。

“我——我想，”露茜说，“我以前见过这样的东西。这把刀像是很久以前白女巫用来在石桌上杀死阿斯兰的那把刀。”

“正是那把刀。”姑娘说，“放到这里是为了永远保存起来留作纪念。”

爱德蒙在刚才几分钟里神色越来越不安，这时才开口说话了。

“听着，”他说，“但愿我不是个胆小鬼——我是说，吃这些酒菜——我的确不是存心无礼。不过我们这次远航一路上经历了不少希奇古怪的险情，而且事情并不全是表面上那样。当我看着你脸时，我不得不相信你说的一切，可碰到的要是女巫，我也可能会相信她。我们怎么才能知道你是我们的朋友呢？”

“你们没法知道，”那姑娘说，“信不信只能由你了。”

歇了片刻，大家听见雷佩契普在小声说话。

“陛下，”它对凯斯宾说，“劳驾你从那个酒壶里替我斟杯酒。这壶太大，我拿不了。我要和这位小姐喝一杯。”

凯斯宾照做了，老鼠站在餐桌上，两个小爪子捧着金杯说：“小姐，我为你祝福。”说罢它就吃起孔雀肉冷盘来。一会儿工夫大家都跟着它又吃又喝了。大家都很饿，这顿酒菜即使不是你心目中想要的早早餐，作为一顿宵夜可是再好不过了。

“为什么说这是阿斯兰的餐桌呢？”不一会儿露茜问道。

“餐桌是按照他的嘱咐摆在这里的，”姑娘说，“专门招待那些远道而来的客人。有人把这岛叫做世界尽头，尽管你们的船还能再往远处开，但是这里就是尽头的开端。”

“那么这些酒菜是怎么保鲜的呢？”讲求实际的尤斯塔斯问。

“每天吃掉了再重新做呗，”姑娘说，“等会儿你就明白这些了。”

“那我们该拿这三个沉睡的人怎么办？”凯斯宾问，“在我这几位朋友来的那个世界里（说到这里他朝尤斯塔斯和佩文西兄妹点点头），流传着一个故事，有个王子或国王来到一个城堡，城堡里的人全都中了魔法沉睡不醒。在那个故事里，只要他吻一下公主，魔法就能解除。”

“可是在这儿大相径庭，”姑娘说，“在这儿他要解除魔咒后才能亲吻公主。”

“这么说，”凯斯宾说，“以阿斯兰的名义，请告诉我该怎么立即着手这件事。”

“我父亲会指点你们的。”姑娘说。

“你父亲！”大家说，“他是什么人？在哪儿？”

“看！”姑娘回过头，指着山坡上那扇门说。此刻他们看得更清楚了，因为他们谈话那会儿，星星都已经变得黯淡，灰蒙蒙的东方天空正露出大片白色晨光，天就要亮了。

第十四章

世界尽头的开端

慢慢地，那扇门再一次打开了，走出一个人影，跟那个姑娘一样又高又挺的，不过没那么苗条。他并没带灯火，却似乎全身在散发着光芒。等那个身影走近，露茜才看出像是个老人。他的银须飘垂在身前的赤脚上，银发则飘垂到背后的脚跟，身上穿着的银袍看起来像是银色羊毛纺织而成。他的神情温和肃穆，这一行人不由得再次起身，默默站立。

可是老人走过来时并没有跟这一行人说话，而是站立在桌子的另一端，正好面对他的女儿。接下来两人都朝前举起双臂，面向东。他们就用那样的姿势唱起歌来。但愿我能记录下那首歌，但是在场的人没有谁能记住。露茜后来说那首歌音调很高，近乎尖叫，但好听极了——“那是一种冷调的歌，一种清晨时唱的歌。”他们唱歌时，乌云从东边的天空散去，白色云朵变得越来越大，最后变成一片白雪，海面上开始泛起银光。过了好长时间(但父女俩还一直唱着)东方开始变红，最后云朵散去，太阳升出海面，长长的光束笔直地照射在桌上，照在金银餐具和石头刀上。

这几位纳尼亚人曾经有一两次心里总想知道从这一带海面升起的太阳看上去是否跟国内的一样大。这回他们弄明白了，一点都没错。照在露珠和桌上的阳光远比他们曾见过的任何早晨的曙光更加明亮。正如爱德蒙事后所说：“虽然那次旅途一路碰到许多听起来十分激动人心的事，但那一时刻的确是最最激动人心的。”因为现在他们知道自己真正来到了世界尽头的起点。

接着，从那轮升起的太阳中心似乎有个什么东西朝他们飞来，但是你的眼睛却无疑没法一眨也不眨地看个清楚。不久空气中弥漫着一种声音——应和着那个姑娘和她父亲的歌声，但声调十分古怪，而且唱出的语言也没人能懂。很快声音的主人就要出场了。原来是鸟，又大又白，成百上千地飞了过来，停在一切物体上面：草地上、石板地上、桌上、你的肩膀上、手臂上甚至头顶上，看上去真如大雪飘落一样。像雪，是因为这些鸟不仅把一切都变成了白色，而且把一切东西的形状都弄得模糊不清。可是露茜透过遮住她的鸟翼缝隙间望出去，只见其中一只鸟飞到老人身边，鸟嘴里衔着什么东西，就算那是一片燃烧着的火炭，看起来也像是个小果子，因为光线太强你无法正眼看着。那只鸟把那东西送进了老人嘴里。

随后鸟儿们停止了歌唱，在餐桌上忙碌起来。当它们再次飞起来的时候，桌上所有可以吃喝的食物都被一扫而光了。成千上万只鸟儿吃完了又飞走，还带走了一切吃不得喝不得的东西，如骨头啊、皮啊、壳啊之类的，朝着升起的太阳飞了回去。不过，因为它们现在不再歌唱，所以无数鸟翼似乎把整个空气都扑腾得直震颤。虽然桌上已被啄食得一干二净，但那三位年迈的纳尼亚爵爷还依然沉睡不醒。

此刻那位老人才终于转向这一行人，向他们表示欢迎。

“阁下，”凯斯宾说，“您能否告诉我们怎么破解让这三位纳尼亚爵爷沉睡的魔法吗?”

“我的孩子，我很乐意告诉你这个法子。”老人说，“要破除这个魔法，你必须把船开到世界的尽头，或是尽量靠近那里，并且你得在返航之时将你的一个同伴留在那里。”

“留下的人会怎么样呢?”雷佩契普问。

“他必须继续进入到极东之地，永不返回到这个世界。”

“这正是我由衷的愿望。”雷佩契普说。

“阁下，我们现在接近世界的尽头了吗?”凯斯宾问，“您知道再往极东去的海洋和陆地的情况吗?”

“我在很久以前见过的，”老人说，“但那是从高空中看到的。水手们需要知道的情况我可无法回答。”

“您的意思是说您在天上飞吗?”尤斯塔斯脱口而出。

“我是远在高空中，我的孩子。”老人回答道。“我叫拉曼杜，瞧你们相互瞪着眼的样子，因为你们从未听说过这个名字。这也不足为奇，因为早在你们任何人懂事之前，我就不再是一颗星了，所有的星座都发生了变化。”

“天哪，”爱德蒙小声说，“原来他是一颗退隐的星。”

“您不再是一颗星了吗?”露茜问。

“孩子，我是一颗退休了的星星。”拉曼杜回答说，“上回我沉落下来时，你们根本无法想像我衰老成了什么样子。我被送到了这个岛上。如今我已经不像当时那样衰老了。每天早上都有一只鸟从太阳的山谷里带给我一枚火龙果，每吃一枚火龙果都会使我变得年轻一点。等我宛如刚诞辰的新生儿一样年轻时，就可以重新升天(因为我们身处地球的极东地角)，又可以在太空中纵情遨游。”

“在我们的世界里，”尤斯塔斯说，“星星是一个燃烧着的火焰大球。”

“孩子，即使在你们的世界里，那也不是星星的真实面貌，而只是它的成分而已。在我们这个世界里，你们已经见到了真正的星星，因为我想你们可能碰见过科里亚金了吧。”

“他也是一颗退隐的星吗？”露茜问

“其实不完全一样。”拉曼杜说，“他被下放掌管一群笨蛋并不完全算是退休。或许可以说是种惩罚吧。如果一切顺利的话，他本可以在冬天的南方上空照耀数千年。”

“那他做错了什么，阁下？”凯宾斯问。

“孩子，”拉曼杜说，“作为亚当之子，你可不该知晓星辰所犯的过错。嗨，我们谈论这个问题是在浪费时光。你们拿定主意了吗？你们要不要继续再往东开，返回时留下一个同伴不再回来，用这样的方法来解除魔法？或者往西前行？”

“陛下，”雷佩契普说，“这一点当然应该没问题吧？把三位爵爷从魔法中解救出来显然是我们探险的一部分。”

“我也是这么想的，雷佩契普。”凯斯宾回答说，“哪怕不是这样做，但如果黎明踏浪号可以带我们到世界尽头附近，而我们却不去，我也会感到伤心不已。但是我在为水手们着想，他们订约是为寻找七位爵爷来的，而不是到地球的边缘。如果我们从这里向东行驶，那就是去找寻地球的边缘——极东地域。谁也不知道路程会有多远。他们都是勇敢的弟兄，不过我看得出有迹象表明一些人已经厌倦航海，一心渴望我们掉转船头开回纳尼亚。我认为如果不告知他们，不征得他们的同意，我是绝不能再往前开了。并且还有那位可怜的罗普爵爷，他可是伤透心了。”

“孩子，”拉曼杜说，“带着一群情非所愿的人，或者一群上当受骗的人驶向世界尽头是完全没用的，尽管你许了愿也没用。这样破除魔法是万万行不通的。他们必须知道自己要上哪儿去，为什么要去。不过你那个伤透了心的人是谁啊？”

凯斯宾向拉曼杜讲述了罗普爵爷的经历。

“我可以把他最需要的给他。”拉曼杜说，“他在这个岛上可以毫无节制，大睡特睡，梦里连任何轻微的脚步声也听不到。就让他坐在这三位旁边，喝得忘掉一切，直到你们回来。”

“好啊，我们就这么办吧，凯斯宾。”露茜说，“我断定这正是他喜欢的。”

就在此时，一阵脚步声和说话声打断了他们的谈话，原来是德里尼安船长和船上其他人员走了过来。他们看到拉曼杜和他的女儿不禁大吃一惊，停下脚步。后来他们看到这两人显然不同凡响，便纷纷脱帽致敬。一些船员看到桌上的空盘和空壶，眼睛里充满遗憾的神情。

“爵爷，”国王对德里尼安说，“请派两人回到黎明踏浪号上给罗普爵爷捎个口信，告诉他说他那几位同船老伙伴还在这里熟睡——没有梦的熟睡——他也可以来一同睡。”

做完这事以后，凯斯宾吩咐其余的人坐下，把整个情况和盘托出。他把话说完以后，大家沉默了好久，只有几个人在小声议论，不一会儿主弓箭手站起来说：

“陛下，我们中有些人一直想问的就是，一旦我们掉转航向，无论是在这里掉转，还是在其他什么地方掉转，我们究竟该怎么回家去呢？除了偶尔风平浪静外，一路上都在刮着西风和西北风。要是风向不变，我心里真想知道我们有没有希望再见到纳尼亚。我们依然这样一路划桨回去，恐怕也很难找到机会获得给养啊。”

“真是陆地人的腔调。”德里尼安说，“这片海域整个夏天一直是刮着西风，总要在新年后才会转风呢。我们往西航行，将会碰上不少顺风，据各种估计，比我们预料的还要多呢。”

“一点没错，船长。”一个生于加尔马的老水手说，“一月到二月，东边的坏天气总是连绵不断。船长大人，请恕我直言，要是让我指挥这条船的话，我会就在此过冬，到三月才启程回家。”

“你们在这里过冬，吃什么呢?”尤斯塔斯问。

“这张餐桌到了每天太阳落山时会摆满国王的盛宴。”拉曼杜说。

“这话才对啦!”几个水手说。

“各位陛下，诸位女士，诸位先生，”赖尼夫说，“我只想说一件事。我们这次出海没有哪一个是被逼着来的。我们都是自告奋勇来的。这里有几个人一面紧紧盯着那张餐桌，一面琢磨着国王的盛宴，当初我们从凯尔帕拉维尔城堡启程那天，他们一面高声大讲什么冒险，一面发誓找不到世界尽头，就绝不回家。还有一些人站在码头上，宁愿抛弃所有一切也要跟我们一道来。当初人们情愿拥有一个黎明踏浪号船舱侍者的床位，也不愿要骑士的腰带。我不知道你们是不是听懂了我说的意思。我想说的意思是，我认为像我们这样出发远航的兄弟要是回到家里，说我们已经到了世界尽头的起点，却再没有勇气往前走，那我们看上去不就跟那群笨蛋瓜一样愚蠢吗?”

有几个水手为这番话高声叫好，同时还有一些人说这话倒也不错。

“看来这事不是闹着玩的。”爱德蒙小声对凯斯宾说，“如果有一半的人退缩，那我们怎么办呢?”

“等等看,”凯斯宾悄声回答。“我还有一招没用呢。”

“你不想说点什么吗，雷普?”露茜小声说。

“不，陛下您为什么要我说呢?”雷佩契普用大多数人都能听见的声音说，“我自己的计划已经决定。只要我办得到，我就会随黎明踏浪号往东边去。如果这条船不带我去，我就坐在我的小筏子上划到东边去。小筏子要是沉了，我就用四只爪子游到东边去。万一我游不动了，万一没能到达阿斯兰的国土，或者是在世界边缘撞上什么特大瀑布给冲走了，那我就是沉下水去了也要鼻子朝着太阳升起的方向，那时就让佩比西克成为纳尼亚会说话的老鼠首领。”

“说得对，说得对,”一位水手说，“我也会说出这番话的，只是小筏子那段话除外，因为我坐不下。”他又低声说了一句，“我才不打算被一只老鼠比下去呢。”

听到这，凯斯宾突然跳起来。“朋友们，”他说，“我想你们并不完全理解我的意图。你们说话的口气好像我们是手里托着帽子来见你们，恳求你们做同船水手似的。其实根本不是这么回事。我们和我们的王兄王姐，还有他们的亲属，还有好骑士雷佩契普，以及德里尼安爵爷都肩负着寻找世界边缘的使命。我们很乐意在你们这些自愿参加的人当中，挑选我们认为适合从事如此崇高的冒险事业之人。我们并没有说谁可以提出参加的请求。所以我们现在指派德里尼安船长、赖因斯大副慎重考虑一下，你们当中谁在战斗中最坚强，谁是最熟练的海员，谁的血统最纯正，谁对我们最忠诚，谁的身世和作风最清白。那就请把他们的名单交给我们吧。”他停顿了一下，又很快地说道：“阿斯兰在上！”他大声叫道：“你们以为亲眼目睹最后大局的特权是白白到手的吗？当然啰，每一个跟随我们的人都将把在黎明踏浪号上的头衔传给子孙后代，一旦我们返航时登上凯尔帕拉维尔城堡，他将拥有金币或土地，足够他终身享受富贵。现在，你们所有人在岛上散开。半小时后我就要让德里尼安爵爷把名单报到我手上。”

人们听了之后都乖乖地默不作声，水手们鞠躬后就离去了，有的朝东，有的往西，不过多数人都三三两两说着话。

“现在该说说罗普爵爷了。”凯斯宾说。

不料他刚朝餐桌首席转头望去，就发现罗普已经坐在桌子那端了。他早到了。原来大家在讨论时，他就悄然无声地坐在阿尔戈兹爵爷身旁，人们毫无察觉。拉曼杜的女儿站在他旁边，好像她刚刚帮他入座一样，拉曼杜站在罗普后面，双手搁在他的白头发上。尽管是在白天，一线朦胧的银光从这个曾是星辰的老人的双手上绽放出来。罗普憔悴的脸上露出一丝微笑。他一只手伸向露茜，一只手给凯斯宾。一时间仿佛他有话要说。接着他笑得更加灿烂，好似体验到一阵美妙的兴奋感觉，嘴角边露出心满意足的微笑，脑袋往前一耷，就睡着了。

“可怜的罗普啊，”露茜说，“我真开心。他过去一定受了不少苦。”

“还是别去想这事了吧。”尤斯塔斯说。

与此同时，凯斯宾的那番话正好达到预期的效果，或许是岛上的什么魔法助了他一把。不少人刚才还心急如焚地想摆脱这次航程，此刻对那种被淘汰的感受竟然大不一样了。当然无论哪个水手宣称自己决定加入航行，那些还没说出口的水手便会感到人数越来越少，心里就越来越难受。这样，半小时还没到，就有几个人积极地向德里尼安和赖因斯大献殷勤（至少在我们学校里人们是这样说的），以求获得好评。很快就只剩下三个不愿意去的人，他们还在千方百计说服别人跟他们一起留下。不一会儿就只剩下一人了。到最后，那人也怕只留下他独自一人而开始感到害怕，于是也改变了主意。

半小时后，大家都列队回到阿斯兰餐桌前，站立在一端，德里尼安和赖因斯走过去同凯斯宾一块坐下，作了汇报。凯斯宾接受了所有报名者，只是没有接受那个在最后关头才改变主意的人。他名叫皮顿克林。后来大家出发去找寻世界尽头的时候，他就一直呆在星岛上，心里多么希望也能跟着去啊。他不喜欢跟拉曼杜父女聊天，人家当然也不愿意跟他说话，而且天上总是下雨，尽管餐桌上夜夜都有美味佳肴，可他并不大喜欢吃。他说自己孤身一人坐在那儿，陪着在餐桌那头的四位爵爷，晴雨无阻，不由得周身毛骨悚然。当其他人回去时，他总感觉自己处处孤立，于是返航途中他在孤独群岛开了小差，留在了卡乐门岛。在那儿他大讲自己在世界尽头的种种奇遇，讲到最后连自己也信以为真了。所以从某种意义上说，他从此过的日子倒也不错。可是他一见到老鼠就受不了。

那晚，他们围坐在柱子之间的那张大餐桌旁一起吃着喝着，桌上的盛宴已用魔法换上新鲜的了。第二天早晨，黎明踏浪号就在大鸟飞来飞去那会儿再次扬帆启程。

“小姐，”凯斯宾说，“等我破了魔法后，希望再和你谈谈。”拉曼杜的女儿看着他，微微笑着。

第十五章

最后那片海的奇观

他们离开拉曼杜那个地方以后，马上就感到已经把船开到了世界之外。一切都变了样。首先是他们全都觉得不大需要睡觉了。大家都不想上床，也不想多吃什么，连话也不想多说，要说也是柔声细语的。其次是光亮。真是太亮太亮了。每天早晨太阳出来时看上去即使没有通常的三倍那么大，也有两倍那么大。而且每天早晨(这点给露茜的感受最最奇特)，那些巨大的白鸟用人类的声音唱着歌，但谁也听不懂是什么语言。它们川流不息地飞过头顶，飞到阿斯兰的餐桌上去吃早餐，再飞到船尾处就不见踪影了。不一会儿它们又飞了回来，然后消失在东方。

“海水这么清澈，多美啊！”第二天刚过晌午，露茜就趴在左舷侧自言自语地说。

果真如此，在清澈的水面上，她注意到的第一件东西是个小小的黑色物体，大小跟一只鞋差不多，同船速一样快地跟着船一直并行着。一时间她还以为那东西是漂在水面上的。可是这时厨子刚好从厨房里扔出一块陈面包，面包在水面上漂过，看起来仿佛要与那东西撞上了，不过竟然没撞上。面包从那东西上面掠过了，露茜这才明白那个黑东西不可能是在水面上。然后那黑东西一下子变得很大，过一会儿又闪回原来的大小。

露茜马上明白了自己在别处也看见过这样的情景——要是她能记得在哪儿见过就好了。她一手撑着头，板着脸，伸出舌头，拼命地回想。她终于想起来了。当然啦！就像你在阳光明媚的天气下，乘坐在火车里往窗外看出去的情景一样。你看见的是自己那列客车的黑色影子同车速一样快地在田野上一路奔驰。

等到火车开进路堑，那影子顿时就一闪贴近火车，变得大大的，顺着路堑的草坡一路飞跑。再等到开出路堑——一下子！——那黑影又变回原来的大小，沿着田野飞驰。

“原来是我们这条船的影子——黎明踏浪号的影子！”露茜说，“我们的船影在海底飞驰。开过海底的山顶时船影就大了。这样的话，海水一定比我想像中的还要清澈见底！老天哪，我一定是看见海底了，好深好深的海底呀。”

说完这句话，她心里已经意识到，自己不知不觉盯着看了好一阵子的那一大片银光粼粼的实际上是海底的沙滩，各种深一片浅一片的不是海面上的光影，而是水底的实物。比如说，眼下他们的船正开过一大丛软软的绿中带紫的东西，当中还有一条弯弯曲曲的淡灰色宽带子。不过既然她知道这是在海底下，她看起来就更清楚了。她能看见那一小片黑乎乎的东西比另一片高，而且在轻轻飘动。“正像风中树木一样，”露茜说，“我相信那些东西是树，是一片海底森林。”

他们从这片森林的上面驶了过去，不一会儿那条灰带子就和另一条灰带子汇合在一起了。“要是我在下面，”露茜心里想，“那条带子就像穿过林间的一条路，两条带子的汇合点就是十字路口了。啊呀，我真希望在下面啊。嗨！森林到头啦。我相信那带子真是一条路！我还能看见那条路一直穿过空旷的沙滩呢。颜色也不同了。边上还画着什么——虚线。也许是石头吧。现在带子变宽了。”

其实不是变宽了，是离得更近了。她明白这一点，因为船影经过时，这条路朝船身冲了过来了。而这条路——她此时已经认准这是条路——开始弯弯曲曲了。显然这条路是沿着一座陡峭小山往上延伸。当她侧着头往回看时，觉得很像是在山顶俯瞰一条弯弯曲曲的道路。她甚至看得见阳光一直透过深水，照在树木繁茂的山谷上。而在最远处，一切景物都融入了一片模糊的绿色之中。但有些地方——据她看，是照着阳光的地方——呈现出深蓝色。

可是她不愿多花时间往后看了，前方映入眼帘的景观太激动人心了。现在那条路分明已经通到山顶，笔直向前。上面还有小小的斑点在动来动去。此刻，幸好阳光充足——阳光照进深深的海底能有多亮就有多亮——有一样最奇妙的东西在眼前闪现。这东西呈小圆丘形，参差不齐，颜色像珍珠，或者说像象牙。开头她的位置几乎正好在这东西上面，所以几乎分辨不出是什么。但等她看到了这东西的影子后，一切才清晰可见。阳光正照过露茜的肩膀，所以那东西的影子直躺在它后面的沙地上。看形状她才明白原来那是高塔、尖塔、叫拜塔和圆顶的影子。

“啊！原来是座城市，要不就是座大城堡。”露茜自言自语说，“可是不知道为什么他们要把这些建造在高山顶上？”

她回到英国很长时间后，和爱德蒙谈起这一切经历，他们才得出一个理由，我相信这理由确实很有道理。在海里，你走得越深就越黑，越深就越冷，那些危险的生物——大乌贼啊、大海蛇啊、海怪啊，就住在下面又黑又冷的地方。山谷都是荒芜险恶的地方。

海民对山谷的感觉就跟我们对高山的感觉一样，对高山的感觉又跟我们对山谷的感觉一样。在高处（或者，按我们的说法是“在浅处”）才既暖和又安宁。海底那些鲁莽的猎人和勇敢的骑士到深处去探险猎奇，然后回到高处家里安心休息，跟别人礼尚往来，参与开会议事，参加体育活动，唱歌跳舞。

他们这条船开过城市，海床在不断升高。现在海底离船下只有几百英尺了。那条路也不见了。他们这条船现在正在一片如公园般空旷的原野上航行，地上点缀着一簇簇色彩鲜艳的草木。于是——露茜差点兴奋得高声尖叫出来——她看见人了。

那些人共有十五个到二十个左右，全骑在海马上——不是你在博物馆里看到的那种小海马，而是比他们身材高大得多的海马。露茜心想，他们一定是些王公贵族，因为她能一眼看见水里有些人的额前金光闪闪，他们肩上飘动着翠绿色的飘带或橙红色的织物。

露茜忽然说：“哎呀，这些鱼真讨厌！”因为一群小肥鱼正贴近水面游着，挡在了她和海人之间。虽然这一来使她兴致大跌，却让她看到一幕最有趣的事。有一条她从来没见过的凶狠的小鱼冷不防从水底跃上水面，张口咬住一条肥鱼紧紧不放，衔在嘴里迅速沉到水下。海人都骑在海马上，眼睁睁地看着这一幕发生。他们似乎一直有说有笑。那条猎鱼还没带着捕获物回到他们身边，另一条同样的猎鱼又从海人身边跳上水面。露茜几乎肯定就是这一伙中间那个骑着海马的高个子把猎鱼派出去或者放出去的，好像刚才他一直把猎鱼抓在手里或放在手腕上。

“哎呀，我敢宣布，”露茜说，“这是一支狩猎队。不过倒更像一支放鹰猎队。对了，一定是的。他们手腕上架着这些凶猛的小鱼，骑着海马出来，正如我们很久以前在凯尔帕拉维尔当国王和女王的那些日子，经常手腕上架着猎鹰，骑着马出去一样。见到猎物就放猎鱼飞——我看，该说放猎鱼游——向猎物。怎么……”

她突然住口了，因为情形一下变了。海人已经看到了黎明踏浪号。那群鱼四处乱窜，海人也亲自冒出来查看这个挡在太阳和他们之间的黑色庞然大物是什么东西。眼下他们快贴近水面了，要是他们在露天，不是在水里，露茜还会跟他们说话呢。他们中有男有女，头上都戴着某种样子的皇冠，不少人还戴着珍珠项链。他们没穿别的衣服。身体的肌肤是陈年象牙的那种颜色，头发是深紫红色。国王在中间(不会有人把他认错的)，傲慢而凶狠地盯着露茜的脸，手里挥舞着一支长矛。手下的骑士也跟他做同样的动作。几位女士的脸上堆满了惊讶的神情。露茜确信他们以前根本没见过船或人——他们身处世界尽头外边的海洋，从来没有船只到过那儿，怎么见识得到呢?

“你在盯着看什么，露?”身边有个声音问。

露茜一直全神贯注地在看着，听到声音吓了一跳，她回过头来，才发现全身重心总以一个姿势压在栏杆的一边，一条手臂早发麻了。德里尼安和爱德蒙来到她身边。

“瞧那里。”她说。

他们俩望了一眼，可是德里尼安却几乎立刻低声说：

“两位陛下，马上转过身来——对了，背对着大海。不要像在谈论什么重要大事似的。”

“啊呀，怎么回事啊?”露茜转过身后问道。

“水手是绝对不可以看到这一切的。”德里尼安说，“看了以后，我们中就有人会爱上海女，或者爱上海底世界，因此而跳下水去。我曾听说过以前在陌生的海域里发生过这种事。看见这些人总是会倒霉的。”

“可是我们过去在凯尔帕拉维尔的那些年月就认识他们。”露茜说，“当时我哥哥彼得是至尊王，他们来到水面上，以歌唱的形式祝贺我们加冕呢。”

“我想那一定是另外一种海民，露。”爱德蒙说，“他们既可以在水下生活，又可以在露天生活。我倒认为这些人无法在露天生活。看他们那样子，如果做得到的话，早就冒出水面开始攻击我们了。他们看上去样子很凶猛。”

“无论如何——”德里尼安说。谁知就在此时，忽然传来两个声响。先是扑通一声。接着是瞭望台上传来一声吼叫："有人落水了！"于是人人都忙起来。有些水手匆匆爬上去下帆，有些水手匆匆跑下去划桨。在船尾楼值班的赖因斯开始拼命转舵，把船掉过头来开回那人落水的地方。可到这时大家才知道落水的根本不是一个人，而是雷佩契普。

"该死的老鼠！"德里尼安说，"船上其余所有人加在一起也没它那么多的麻烦。如果有什么倒霉事，它准得一块遭受！应当给它戴上脚镣手铐——用绳子把它绑在船的龙骨底下拖着走——把它扔到荒岛上去——把它的胡子剪掉。谁看得见这个小混蛋？"

说了这么一堆话其实并不意味着德里尼安当真不喜欢雷佩契普。恰恰相反，他很喜欢它，因此害怕它出事，而正是由于害怕，德里尼安才大发脾气——正如你母亲因为你跑出去在路上迎面撞到了汽车而大为生气，而一个陌生人是决不会这样的。当然，没人担心雷佩契普掉进水里会溺水，因为它是个游泳高手。可是有三个人知道水下的状况，那些海人手中残忍的长矛让他们担心起来。

不一会儿，黎明踏浪号掉过头来，大家都看得见水里那个黑乎乎的东西就是雷佩契普。它正兴高采烈地不停说话，但嘴里灌满了水，谁也听不懂它在说些什么。

“如果我们不让它闭嘴，它可要把什么事情都说出去了。”德里尼安叫道。为了阻止它，他奔向舷侧，亲自放下一根缆绳，对水手们喊着：“好了，好了。回到你们的岗位上去。我希望没有别人的帮忙就能把一只老鼠拉上来。”雷佩契普从缆绳上爬上来了——行动不是很麻利，因为浑身皮毛都湿透了，身子也变沉了——德里尼安弯下腰，悄声对它说：

“别说。一句话也别说。”

谁知浑身湿淋淋的老鼠踏上甲板后，人们才发现它对海人竟然没有一点兴趣。

“甜啊！”它吱吱叫道，“甜啊，甜啊！”

“你在说什么呀？”德里尼安生气地问，“你也用不着把水全抖在我身上啊。”

"我跟你说水真的是甜的，"老鼠说，"甜美、新鲜，不是咸的。"

一时间没人真正领会这番话里的重要含义。可这时雷佩契普又重复那段老预言了：

"海水变得甜又香，
雷佩契普莫迟疑，
那里便是极东方。"

大家这才明白过来。

"给我一个水桶，赖尼夫。"德里尼安说。

水桶递到他手里后，他就把水桶放下去，再吊上来。桶里的水果真像玻璃一样在闪闪发光。

"陛下也许愿意先尝一口吧？"德里尼安对凯斯宾说。

国王双手接过水桶，举到唇边浅浅抿了一小口后，又深深喝了一大口，再抬起头。他的脸色变了。不仅眼睛仿佛更亮了，而且整个人似乎更加精神焕发了。

“是啊，”他说，“果然很甜。这才是真正的水啊。我不敢肯定喝了这水不会送命。不过虽然如今才知道这水的味道，我都宁愿选择这样去死。”

“你这话是什么意思？”爱德蒙问。

“这——这比任何东西都更像光。”凯斯宾说。

“正是如此，”雷佩契普说，“这是可以喝到嘴里的光水。我们现在一定是贴近世界尽头了。”

大家沉默了一会儿，露茜这才在甲板上跪下，就着水桶喝水。

“我还从没尝到过这么香甜的东西呢。”她边说边喘着气，“不过，啊呀——真带劲。我们现在什么都不用吃了。”

船上的人一个接一个都喝了一通，之后大家沉默了许久。他们都感到这水简直太美妙了，太带劲了，让人有些受不了。不一会儿，他们又开始发现另一种功效。我在前面说过，自从他们离开拉曼杜那个岛以来，光线很强——太阳很大（虽然还不太热），海面很亮，天空很灿烂。这时，亮光并未减弱——要说嘛，反倒增强了——不过他们倒还受得了。他们可以一眼都不眨一下地直接仰望着太阳，他们能看着比以前见过的更强烈的亮光。甲板、船帆、他们自己的脸庞和身体都变得越来越明亮，就连每一根缆绳都闪闪发光。第二天早晨，太阳升起时比平时大了五六倍，他们拼命盯着太阳，看得见从太阳上飞起的那些鸟的羽毛。

那日一整天，船上没有一个人说过一句话。直到午餐时间(谁也不想吃东西，喝了这水大家就觉得够饱的了)，德里尼安说：

“这一点我就弄不明白了。一丝风都没有，船帆挂着也不动，海面平静得像池塘里的水。可是我们的船却仿佛顺着风，快速向前驶进。”

“我也一直在寻思这事。”凯斯宾说，“我们肯定是碰上什么强大的海洋气流了。”

“嗯，”爱德蒙说，“如果世界真有个边缘的话，而我们这条船又正在驶近边缘，那可糟了呀。”

“你的意思是说，”凯斯宾说，“我们这条船可能会——呃，就这样从边上漂流出去？”

“是啊，是啊，”雷佩契普拍着两个爪子说，“我就是一直这么想像的——世界像个大圆桌，各大洋的海水川流不息地从边上流下去。这条船会翻倒，来个底朝天——一会儿我们翻过边缘就明白了——接着就往下扎，往下急速猛冲——”

“呃，你认为底下有什么在等着我们呢？”德里尼安说。

“也许是阿斯兰的国土吧，”雷佩契普说，眼睛里闪着光芒，“或许根本就没有什么底。也许一直冲下去，冲下去，没个尽头。可不管是什么，只要看一会儿世界尽头外边是什么景象，不也是值得的吗？”

“不过听我说，”尤斯塔斯说，“你简直是在胡说！世界是圆的——我是说，圆得像个球，而不是像张桌子。”

“我们的世界是圆的。”爱德蒙说，“可是这个世界也是圆的吗？”

“你们的意思是说，”凯斯宾问，“你们三位都来自一个圆圆的世界(圆得像个球)，但你们从来没对我说起过！你们真是太过分了。因为在我们的童话里就有圆圆的世界，我一直很喜欢这种世界。我从来都不相信有什么真正的圆圆的世界。不过我总希望真有这种世界，而且向往着能在一个这样的世界里生活。啊呀，我愿意拿一切来换——我不明白为什么你们可以进入我们的世界，而我们就根本不能进入你们的世界？要是有这么个机会就好了！生活在像一个圆球的东西上一定很刺激。你们去过人们颠倒走路的地方吗?”

爱德蒙摇了摇头。“事情其实并不是这个样子。”他又加了一句，“一旦你到了那儿，圆圆的世界就没什么特别的东西让你感到兴奋的了。”

第十六章

世界的尽头

除了德里尼安和佩文西兄妹外，船上就只有雷佩契普见过海人了。它一看到海之王挥动长矛，便马上潜入水中，因为它把这看做是一种威胁或挑衅，所以就想当场较量一番。发现海水足够鲜甜的激动劲儿使它分散了注意力，趁它还没再次想起那些海人，露西和德里尼安便将它带到一边，警告它千万别再提起它所见到的事情。

结果倒使他们不必大伤脑筋，因为此刻黎明踏浪号正在一片看来无人的海域里悄然无声地行驶着。除了露西以外，谁也没看见海人，就连她也只是匆匆一瞥。第二天整个上午，黎明踏浪号一直行驶在浅水区，那一带海底长满水草。快到中午时，露茜看到一大群鱼从水草上游过。这群鱼一直在吃食，全都朝着一个方向游动。“就像羊群似的。”露茜心里想。突然间她看到鱼群中出现一个小海女，和她年纪相仿。这女孩举止文静，神情孤独，手上拿着一根钩子似的东西。露茜断定这女孩就是传说中的牧羊女——或许该说是牧鱼女——那群鱼真像是在草原上吃草似的。鱼群和那女孩都贴近水面。就在那女孩在浅水里滑行的时候，露茜恰好趴在船舷上往下看，两人打了个照面，那女孩抬眼往上望，正好盯着露茜的脸。谁也不能同对方说话，因为一瞬间那女孩便落到船后去了。可是露茜怎么也忘不了那女孩的脸庞。这张脸看上去并没有其他海人脸上显露出的那种害怕和愤怒。露茜喜欢上了那女孩，她相信那女孩肯定也喜欢她。就在那短短一瞬间，她们竟成为了朋友。尽管无论是在这个世界里还是任何其他世界里，她俩看来是难以再有相逢的机会了。不过万一见了面，她们准会迫不及待伸出彼此的手。

接下来好几天，支桅索上没有风，船头前也没有泡沫，黎明踏浪号在风平浪静的海面上平稳地向东航行。每日每时光线都变得越来越耀眼，但他们竟然承受得了。也没人想吃饭睡觉，大家只是用水桶从海里汲取些波光粼粼的水，这水比酒更甘醇，比平常的水更润泽、更清澈，他们互相默默干杯，一饮而尽。有一两个水手在开始远航时就已老态龙钟，现在却是一天比一天年轻。船上的人们欣喜万分，情绪高涨，但并没有高昂得想要说话。他们越往远处航行，话就越少，最后几乎像是在窃窃私语了。他们沉迷于最后那一片海的宁静之中。

“爵爷，”有一天凯斯宾对德里尼安说，“你看前方是什么？”

“陛下，”德里尼安回答说，“我看见白茫茫的一片。就我肉眼所及，从北到南的地平线上全是白茫茫的。”

“我也看见了，”凯斯宾说，“但我想像不出是什么东西。”

“陛下，如果我们处在更高的纬度地区，”德里尼安说，“我倒可以断定这是冰。但不可能是冰，在这里不会有冰。话虽如此，我们最好还是叫些人去划桨，别让船随着激流漂行。不管那是什么东西，我们千万不能以这种速度对着它撞上去。”

人们照着德里尼安的吩咐去做了，船才驶得越来越慢，越来越慢。等他们靠近后，那片白茫茫东西的神秘色彩还是依然存在。要说那是一块陆地的话，那一定是一片非常奇特的土地，因为它看起来同水一样滑，并且与水面一样高。当他们离得很近的时候，德里尼安使劲转舵，将船身转向南面，这样舷侧就对着水流，再把船沿着那片白茫茫的边缘往南划了一段。就在忙着做这些的时候，他们无意中有了一个重大发现，原来这股水流只有四十英尺宽，而其他海面还是跟池塘一样宁静。这对船员无疑是个喜讯，他们已经开始担忧重返拉曼杜岛的那段路程，一路上逆流划桨的话，那可太吃劲了。（这点也表明那个牧鱼姑娘为什么那么快就落在船尾后了。因为她不在那股水流里。如果她当时在水流里，早就跟船的漂流速度一样快地向东漂流了。）

不过，还是没人确定那白茫茫的东西是什么，于是就放下小船前去侦察。留在大船上的人们只见小船笔直驶入那片白茫茫的东西之中。后来他们都听见从一汪静水那边传来小船上那些人大惊小怪的说话声。赖尼夫在小船船头测量水深时，人们才稍停片刻。做完这事以后，小船划了回来，船里似乎装满那种白白的东西。人们都拥到船舷边上去探听消息。

“陛下，是百合花!”赖尼夫站在小船船头大声喊道。

“你说什么?”凯斯宾问。

“陛下，是盛开的百合花，”赖尼夫说，“就跟国内池塘里或花园里的一模一样。”

“看哪!”露茜在小船船尾上说。她高举着湿漉漉的双臂，手上捧着白色的花瓣和宽大扁平的叶子。

“水深多少，赖尼夫?”德里尼安问。

“船长，真是怪事，”赖尼夫说，“水倒挺深的，整整三英寻半。”

“这不可能是真正的百合花——至少不是我们所说的那种百合花。”尤斯塔斯说。

也许那真不是百合花，但是长得很像。经过一番商量过后，黎明踏浪号又掉头开进水流中，开始向东行驶，穿越百合湖，或称银海(这两个名称他们都试用过，但是银海沿用至今，并且凯斯宾的地图上就用的这个名称)，此时他们旅途最奇幻的部分开始了。他们离开的那片开阔的海面一下子就只是西边地平线上一条细细的蓝边。他们周围四面八方都是白茫茫一片，隐隐闪着黄金色，只有船身排开百合花，在船尾处留出一条水面通道，像深绿色的玻璃那样闪闪发光。最后这一片大海看上去真像是北冰洋似的，要是他们的眼睛现在还没变得像鹰眼那样厉害，那白茫茫一大片上方的阳光准使他们受不了，尤其是清晨太阳最大的时候。每天傍晚那白茫茫的一大片使白天似乎更长了。百合花好像无边无际。连绵千里的白花总散发出一股香味，日复一日。露茜觉得很难形容这种香味，这是一种甜美的香味——但不是香得使人昏昏欲睡，无法忍受，而是一股清新、强劲、幽雅的味儿，似乎钻进你的大脑，使你觉得自己能跑上高山，能同大象搏斗。她同凯斯宾互相说：“我觉得我再也受不了这股味儿了，可我又不愿闻不到这股味儿。”

他们经常不断测量水深，但一直过了好几天海水才变浅，随后水就变得越来越浅。直到有一天，他们不得不靠划桨划出水流，像蜗牛爬行似的慢慢划啊划啊，摸索着前进。没多久他们就明白黎明踏浪号根本无法再驶向东边了。好在指挥精妙，才避免了搁浅。

“放下小船。”凯斯宾大声喊道，“叫大家快到船尾来，我有话必须对大家讲一讲。”

“他打算做什么呀?”尤斯塔斯对爱德蒙小声地说，“他那眼神好怪啊。”

“我想，我们的脸色大概都一样吧。”爱德蒙说。

他们走到船尾楼凯斯宾那里，很快全体人员都挤在梯脚处聆听国王讲话。

“朋友们，”凯斯宾说，“我们如今已经完成了我们所从事的探险事业。七位爵爷的去向都已查明，虽然雷佩契普爵士发誓绝不回去，但等你们回到拉曼杜的岛上时准会发现雷维廉、阿尔戈兹和马夫拉蒙三位爵爷都醒了。德里尼安爵爷，我把这条船托付给你，命令你全速开回纳尼亚去，最重要的是不得在死水岛那里上岸。还请通知我的摄政王小矮人杜鲁普金，把我许诺赐给所有这些同船伙伴的奖赏照实发下去。这是他们理应得到的。另外，如果我不再回来，我的遗嘱就是要求摄政王、我的老师科尼列斯，以及海狸特鲁福亨特和德里尼安爵爷一致选出一位纳尼亚国王……”

“可是陛下，”德里尼安打断他说，“您是打算宣布退位吗？”

“我想和雷佩契普一同去看看世界尽头。”凯斯宾说。

水手们惊愕得小声议论起来。

“我们将接管这条小船，”凯斯宾说，“这一带海面风平浪静，你们用不着小船了，你们到了拉曼杜的岛必须再造一条小船。可是现在……”

“凯斯宾，”爱德蒙突然严厉地说，“你千万不能这样。”

“千真万确，”雷佩契普说，“陛下千万不能这样。”

“真的不能啊。”德里尼安说。

“不能吗？”凯斯宾尖声说，这一瞬间他看上去倒真与他叔父米诺兹没什么不同。

“请求陛下恕罪。”赖尼夫在下面甲板上说，“要是我们当中任何人这样做，那就会被称作临阵脱逃。”

“你虽为我效劳多年，但也未免太过分了，赖尼夫。”凯斯宾说。

“不，陛下！他说得一点不错。”德里尼安说。

“阿斯兰在上，”凯斯宾说，“我原以为你们是我的臣民，而不是我的老师。”

“我可不是你的臣民。”爱德蒙说，“我只是说你不能这样做而已。”

“又是不能。”凯斯宾说，“你这是什么意思呢？”

“陛下开恩，我们的意思是说不该那样。”雷佩契普深深鞠了一躬，“您是纳尼亚国国王。要是您不回去的话，您就失信于您所有的臣民，特别是失信于杜鲁普金。您不应该对这些探险活动沾沾自喜，好像您自己是个平民似的。如果陛下不听信说理，那船上每个人只好随我解除您的武装，把您绑起来，直到您恢复理智，这样做才是对您真正的效忠。”

“说得太好了，”爱德蒙说，“就像当初尤利西斯[①]试图接近水怪时，人们对他那样。”

凯斯宾早已伸出手企图去摸剑柄，这时露茜说：“并且你几乎答应过拉曼杜的女儿要回去的。”

凯斯宾顿了一下。“哦，是的，有这么回事。”他说。他一时站在那里犹豫不决，随即对着全船人员大声喊道：

“好吧，我依了大家。冒险之旅结束了。我们全体回去。把小船再吊上来。”

“陛下，”雷佩契普说，“我们并不是要全体返回，

---

① 尤利西斯即希腊神话中的奥德修斯，曾参加围攻特洛伊。

我，我之前阐明过……”

“安静！”凯斯宾吼叫起来，“我受过教训了，可我不愿意被捉弄。难道没人让那只老鼠把嘴闭上吗？”

“陛下您保证过，”雷佩契普说，“要成为纳尼亚会说话的兽类的好君主。”

“会说话的兽类，确实如此。”凯斯宾说，“可是我对从不停止说话的兽类没说过什么。”说完他就火冒三丈地冲下楼梯，走进舱里，使劲将门关上。

但是稍过一会儿，一些人进到舱里去找他，发现他竟换了个人似的，脸色苍白，眼睛里噙着泪水。

“没用的。”他说，“尽管我做事很执拗，还喜欢摆架子，可是我本该举止得体。阿斯兰就告诫过我。不——我并不是说它真在这里。第一，船舱太小了，装不下它。但是墙上那只金狮头活过来对我讲话了。它那眼神——真可怕，但不是说它对我粗暴——只是起初有点严厉。不过它反正真叫人挺害怕的。它说——它说——哎，我真受不了。那是它嘴里说出的最最可怕的事了。你们——雷普、爱德蒙、露茜，还有尤斯塔斯——都要继续前行，而我却要回去，孤独一人，立刻回去。这一切还有什么用呢?”

“亲爱的凯斯宾，”露茜说，“你知道我们迟早总得回到我们自己的世界中去的。”

“是啊，”凯斯宾抽泣着说，“但是未免早了些。”

“你回到拉曼杜的岛上时就会感觉好些的。”露茜说。

稍过一会儿他心情才好了一些，但是分手对双方总是难受的，在此我就不一一细说了。下午两点左右，他们备足粮食和饮用水(尽管他们自认为既不需要吃什么也不需要喝什么)，再把雷佩契普的小木筏放到小船上，小船就离开黎明踏浪号，一直划过那片漂满百合花的海域。黎明踏浪号飘起所有旗帜，挂出盾形纹章，为他们隆重送行。他们在大船下面，四周都是百合花，往上望觉得这条船高大无比，温暖如家。他们看见黎明踏浪号掉过头，逐渐走出视线，这才开始慢慢向西划去。虽然露茜掉了几滴眼泪，可是她并没有你所想象的那么难过。那样的一片光亮，那样的一份寂静，银海那种扣人心弦的香味，说来真怪，甚至连那份孤独，这一切都让人激动不已。

用不着再划桨了，因为水流一直将他们的小船向东推进。他们中没有一个人吃饭睡觉。整整那一夜和第二天整整一天，他们的船都向东漂流，到了第三天拂晓——天空无比明亮，即使戴着墨镜也受不了——他们看见一大奇观出现在眼前。仿佛有一堵墙矗立在他们和天空之间，一堵青灰色的墙，颤颤巍巍，摇摇晃晃。随后太阳出来了，初升时他们是透过这堵墙看到的，太阳折射出奇幻的七彩光芒。他们这才知道那堵墙实际上是一道又长又高的波浪——一道永远固定在一处的波浪，恰如时常可以在瀑布边上看到的水帘似的。这道水墙看似高约三十英尺，那股水流正急速把他们的小船漂向那道波浪。你可能以为他们应该想到他们正处于危险之中。他们才不那样想呢。我想，任何人在他们这种处境中也都不会想到危险的。因为他们此时不仅能看到波浪后面的景象，而且还能看到太阳后面的景象。如果他们的眼力没有经受最后一片海水的磨炼，他们连太阳也不可能直视。可是如今他们竟能看着升起的太阳，不仅看得清清楚楚，而且还看得见太阳外面的景象。他们往东边望去，看见了太阳后面连绵的山脉。那些山实在太高，他们不是望不到山顶就是已经忘怀。谁也记不起在那个方向看见过天空。那些山脉一定确实是在世界之外。因为任何山峰，即使只有那座山的几十分之一高，山上也应是冰雪覆盖。然而这些山尽管看上去很高，却温暖，郁郁葱葱，到处可见森林和瀑布。突然间，一阵微风从东边吹来，将浪峰吹成泡沫状，把四周平滑的水面吹皱。尽管这样的情景只持续了一会儿工夫，可是这景观足以令三个孩子终身难忘。这阵风带来一阵芳香和一阵声音，是一阵乐声。过后爱德蒙和尤斯塔斯都从不提起此事。露茜只能这样说："真是让你的心都碎了。""是吗？"我说，"有那么伤心吗？""伤心！才不是呢。"露茜说。

小船上所有人都深信他们见到了世界尽头外边的阿斯兰国土了。

就在那一刻，咯吱一声响，小船搁浅了。这会儿水太浅了，连小船都浮不起来。“这里就是我独自启程的地方了。”雷佩契普说。

他们根本就不想阻拦它，因为现在似乎一切都已命中注定，或者以前曾经发生过的。他们帮它把小筏子放到水里。它卸下剑，把剑一下子远远扔到百合花盛开的海面那边。“我再也用不着这把剑了。”它说。那剑落下水，笔直地插在那里，只有剑柄露在水面上。于是它跟他们告别，竭力装作为他们难过的样子，可是暗地里却高兴得直打哆嗦。露茜头一回，也是最后一回，做了她一直想要做的事，把它搂在怀里，爱抚了一通。接着它匆匆上了小筏子，划起桨，水流一下就把小筏子冲走了，它的身影在百合花的衬托下显得黑黑的。不过波浪上没长百合花，那是一片光滑的绿色坡面。小筏子越走越快，冲过波浪那一侧时甚为壮观。就在那一瞬息，他们看到小筏子的轮廓和雷佩契普站在上面的身影，接着就无影无踪了。从此以后再没有人敢真正自称看见过老鼠雷佩契普。不过我绝对相信它已经平安到达阿斯兰的国土，如今还健在着呢。

太阳一升起来，世界外边的那些高山便渐渐消失。那道波浪还在，可是波浪后面只有湛蓝的天空。

三个孩子走下小船，蹚着水——不是朝波浪走去，而是转向南面，那道水墙在他们左面。他们没法告诉你为什么要这样做，这就是他们的命运。虽然他们在黎明踏浪号上时感觉自己已经长得很大了，而且事实上也是长大了，可是眼下他们的感觉却恰恰相反，他们手拉着手蹚过那片百合花。他们一点不感觉疲倦。海水暖暖的，而且感觉越来越浅。他们终于走到干燥的沙滩上，接着又踩在了柔软的草地上——好大一片草地，地上长满了青草，平平的，几乎与银海一样高，向四面绵延开去，连个鼹鼠洞都见不到。

当然，不长树木的平地总是这个样子，看起来天空和草地就好似在他们眼前交汇。但等他们继续向前走去，却发现有个离奇的现象，就是这里的天空终于沉下与地面相接了——一堵蓝色的墙，异常明亮，却感觉真实而坚固，特别像是玻璃。他们很快就确定了这种看法。此刻已经非常靠近了。

但是在他们与天边之间，草地上出现了一样东西，白得连他们那种鹰眼都无法看清楚。他们走近一看，原来是只小羊羔。

“快来吃早餐吧。”小羊说，声音甜美而柔和。

这时他们才头一回注意到草地上有个火堆，上面正烤着鱼。大家坐下吃起鱼来，这么多天还是第一次感到肚子饿呢。这是他们所尝到过的最美味的一顿饭菜了。

“小羊，请问这条路是通往阿斯兰的国土吗？”露茜问。

“这条路不是供你们走的。”小羊说，“到阿斯兰国土去的门在你们自己的世界里。”

“什么！”爱德蒙说，“我们的世界也有一条直接通向阿斯兰国土的路？”

“所有世界都有一条路可以通往我的国土。”小羊话音刚落，一身雪白的绒毛就变成了亮闪闪的金褐色，个子也一下变大了，原来它就是阿斯兰，高大威武，鬣毛上散发着一片金光。

“请问怎么从我们的世界直接走进你的国土，阿斯兰?”露茜问道。

“我会不断对你讲，但是我不会告诉你这条路有多长或多短，只是这条路要穿过一条河。但请别害怕，因为我是个了不起的筑桥专家。好了，来吧，我要开启天门，送你们回到自己的土地上去。”阿斯兰说。

“阿斯兰，”露茜说，“我们离开之前，请你告诉我们，我们何时才能再次回到纳尼亚？请你一定、一定、一定让这一天早些到来，好吗?”

“亲爱的，”阿斯兰十分温和地说，“你和你的哥哥今后再也不会回到纳尼亚来了。”

“哦，阿斯兰!”爱德蒙和露茜两人都大失所望地齐声说。

“孩子们，你们已经长大了，”阿斯兰说，“你们现在必须开始接近自己的世界。”

“那不是纳尼亚，你知道的，”露茜哭诉着说，“是你，我们不会在那里见到你了。今后永远也见不到你，我们该怎么活啊？”

“亲爱的孩子，你们会见到我的。”阿斯兰说。

“难道——你也在那儿吗，阁下？”爱德蒙问。

“我在的，”阿斯兰说，“不过在那里我用的是别的名字。听到那个名字，你们心里必须知道那是我。正因为这样的缘故，我才把你们带到纳尼亚来。你们在这儿认识了我一段时间，而在那儿你们就可以更加了解我。”

“那么尤斯塔斯也永远不能回到这里来了？”露茜问道。

“孩子啊，”阿斯兰说，“你当真需要知道那个问题吗？来吧，我在天上开一扇门。”说着蓝墙上立刻出现一个裂口（像窗帘一样撕开了），一道可怕的白光从天外照射进来，他们觉得感受到了阿斯兰的鬣毛，脑门上还印着狮王的亲吻，于是——又回到剑桥艾贝塔舅妈家的里屋了。

另外只剩两件事还需要说明一下。一件是凯斯宾和他手下全都安全回到拉曼杜的岛上。三位爵爷也都从沉睡中醒来。凯斯宾娶了拉曼杜的女儿为妻，最后他们都回到了纳尼亚，她成了一个了不起的王后，又成了几个了不起的国王的母亲和祖母。另一件事是在我们自己的世界里，没多久人人都开始说尤斯塔斯如何有了长进："你决不会想到他就是从前那个孩子。"只有艾贝塔舅妈却说他变得非常平凡，而且讨厌，一定是受了佩文西家那几个孩子的影响。

欲知后事

请读第六部《银椅》→>>>

图书在版编目(CIP)数据
黎明踏浪号/(英)刘易斯(Lewis,C. S.)著;唐健禾译.
—上海:上海译文出版社,2014.6
(纳尼亚传奇)
书名原文:The Voyage of the Dawn Treader
ISBN 978-7-5327-6516-4

Ⅰ.①黎… Ⅱ.①刘…②唐… Ⅲ.①儿童文学—中篇小说—英国—现代 Ⅳ.①I561.84

中国版本图书馆 CIP 数据核字(2014)第 034500 号

C. S. Lewis
The Voyage of the Dawn Treader

黎明踏浪号
〔英〕C·S·刘易斯/著 唐健禾/译
责任编辑/管舒宁 装帧设计/张志全工作室 翻译统筹/刘荣跃 廖国强

上海世纪出版股份有限公司
译文出版社出版
网址:www.yiwen.com.cn
上海世纪出版股份有限公司发行中心发行
200001 上海福建中路 193 号 www.ewen.cc
浙江新华数码印务有限公司印刷

开本 787×1092 1/32 印张 8.75 插页 5 字数 93,000
2014 年 6 月第 1 版 2014 年 6 月第 1 次印刷
印数:0,001—6,000 册

ISBN 978-7-5327-6516-4/I·3892
定价: 29.00 元